赦されざる罪の夜
「ん……ふ……」
互いに舌と舌を求めて、絡ませて、主導権をせめぎ合うようなキスだ。

赦《ゆる》されざる罪《つみ》の夜《よる》

いとう由貴《ゆき》

ILLUSTRATION：高崎《たかさき》ぼすこ

赦されざる罪の夜

LYNX ROMANCE

CONTENTS

赦されざる罪の夜

§序章

「ごめんなさい。他に好きな人ができたの」

久保田貴俊《くぼたたかとし》は唖然《あぜん》として、目の前で頭を下げた女性を見下ろした。話したいことがある、と会社近くのカフェに呼び出された上でのことだ。

潔い、きっぱりとした態度はいかにも彼女らしかったが、それにしても唐突すぎる。

「好きな人ができたって……誰だよ。おまえの会社の奴か」

動揺しながら、貴俊はなんとかそう訊《き》き返す。

彼女——鈴原紗枝《すずはらさえ》は、申し訳なさそうに貴俊を見上げた。肩につく程度の長さの髪は、ゆるくウエーブがかかっていて、クリッとした目がいかにも可愛《かわい》い。

「それって、言わないとダメ？」

「いや、だって……」

こういう場合、どういう態度をとるのが正解なのだ。

あまりに唐突な告白に、貴俊はどうしたらよいのか混乱した。他人《ひと》にはよく、弓道などで見る袴《はかま》姿が似合いそうと言われるキリリとした面差しが、険しくひそめられている。

紗枝とは、大学時代から交際していた。お互い二十六歳になったことだし、そろそろ結婚を意識したほうがいいだろうな、と思っていた矢先のこれだった。

最近、仕事でも大事なポジションを任されることが増え、会う回数が減ったことが悪かったのか。それとも、六年にわたる付き合いで、言わなくてもこれくらいわかるだろうと甘く考えていたのがいけなかったのだろうか。

なんとか弁解しようと、貴俊は口を開いた。

「もしかして、俺に放っておかれたと思ったのか？　そんなつもりじゃなかったんだ。ただ、その……仕事でなかなか時間が取れなくて……」

「それはわかってる。入社して四年も経てば、責任ある仕事を任されるようになることくらい、わたしだってわかるよ。会社の仕事の内容も把握してくるし、わたしだっていろいろと任されるのが楽しいもの。だから、これは貴俊のせいじゃないのよ。わたしの……心変わりのせいなのよ。全部、わたしが悪いの」

そう言って、紗枝は「ごめんなさい」とまた頭を下げる。

心変わり――。

その言葉が、貴俊にズンと重く伸しかかった。ある意味、自分になにか落ち度があってという理由より、胸に突き刺さる。

落ち度があるならば挽回《ばんかい》するチャンスもあるが、心変わりが理由では、貴俊の努力でどうにかなるものではないと言われたも同然だ。

「そいつと……付き合うのか？」

「まさか。まだ告白もしてないのに」

貴俊の問いに、紗枝は「あはは」と笑った。きちんと別れてから、意中の男に対して行動を起こすつもりなのだろう。

そういうけじめも紗枝らしかった。二股なんて、考えもしない女なのだ。

その一方で、目標が決まるとそれに向かって一直線のところがある。

今は、新しい恋のために、まずは六年の付き合いを終わらせることにしか、目が向いていないのだろう。

——六年だぞ……！

胸の内で、貴俊は呆然《ぼうぜん》と呟《つぶや》く。六年といえば、けして短い交際期間ではない。それが、いくら他に好きな相手ができたからといって、大学時代から今に至るまでの付き合いをこんなにあっさりと終了されるだなんて、ありなのか。そんな簡単な付き合いではなかったはずだ。

だが、言うだけ言って、さっぱりした顔の紗枝を見ていると、ここでいじましく縋《すが》るような真似はできなかった。

かっこつけと、言いたい奴は言えばいい。

なけなしのプライドを、貴俊はなんとかかき集めた。

「――わかったよ。おまえの気持ちがそこまで固まっているなら、なにを言ってもしょうがないからな。いいよ、別れよう」

せいぜいものわかりよく、そう答える。

「ホント？　ありがとう、貴俊！」

嬉《うれ》しそうな紗枝を見ながら、貴俊は内心のため息を噛《か》み殺す。紗枝の心が自分にないのに、取り繕ったりしても無駄だ。そう思うのに、胸に苦々しさが広がる。

二十歳から二十六歳までの六年間で、自分は徐々に恋から愛情に気持ちをシフトさせてきたのに、彼女のほうでは違ったのが悔しい。彼女との結婚や家庭のことまで考えていたのに……。

そんなふうに思いながら、貴俊は最後のかっこづけで苦笑いふうの笑みを浮かべる。振られるだけでも情けないのに、惨めな様子など断じて見せたくない。

「俺を切っていくんだから、目当ての男を必ず落とせよ」

「うん、頑張る」

ニコニコと笑って、紗枝が立ち上がる。

「じゃあ、本当に……ごめんね。ありがとう！」

あっさりとしたものだった。

それに軽く手を上げて、貴俊は紗枝を見送った。


グイッと、ウイスキーの入ったグラスを呷《あお》る。アルコールが喉を焼くのを、貴俊は捨て鉢な気分で味わった。

紗枝とカフェで別れてから、貴俊は六本木《ろっぽんぎ》まで足を伸ばして、今まで入ったことのないバーでやけ酒を飲んでいた。

こんな日には、誰にも会いたくない。

「……くそっ……六年だぞ……」

周囲には聞こえないよう、小さく罵る。紗枝の前では言えなかった愚痴を、貴俊はアルコールの助けを借りて吐き出していた。

「そりゃあ、俺だって……多少は目移りしたことくらいあるけどさ……」

ブツブツと、カウンターで一人呟く。ワケありと見たのか、バーテンダーも注文を受ける以外は適当に放置してくれていた。

なかなか気の利く、いいバーだ。当てずっぽうに入ったわりには当たりで、貴俊は一人満足する。

「すみません、もう一杯同じの」

空になったグラスを少し掲げて、貴俊はもう何杯目になったかわからない追加を頼んだ。中年のバーテンダーは無表情に頷《うなず》く。

しばらくして、隣からスッとグラスを差し出された。追加が来たのだと、貴俊は顔を上げた。

「……あれ？」

その首が傾《かし》げられる。グラスを差し出してきたのは、バーテンダーではなかった。

目を瞬《しばた》いて、貴俊は隣に立つ影を見上げる。それは、思ってもいない相手だった。

「おまえ……上原《うえはら》？」

もうずいぶん会っていない男だった。

部署はまったく違うが、同期入社の男だ。入社時の社員研修で同じグループであったことは覚えているが、配属で別れて以来、特に親交を持つこともないまま過ぎた相手だった。

その顔が、からかうように微笑《ほほえ》んでいた。

「ずいぶん飲んでいるみたいだな、久保田」

「……って、なんでおまえ？」

知り合いに会いたくなくて、馴染《なじ》みのないバーに来たというのに、なぜ、こんなところで見つかってしまうのだ。

貴俊の顔が渋面に変わった。

その不機嫌をかわすように、上原慎哉《しんや》が滑るようになめらかに、隣のスツールに腰かける。

「ここにはよく来るんだ。おまえは？」

「俺は……たまたま目に入って……」

口ごもりながら、貴俊は視線を落とす。誰にも会わないようにと選んだはずが、同僚の行きつけの店だったことにがっかりしていた。

ついていない時は、とことんついていないものだ。そう思いながら、ため息をつく。

すでに注文していたのか、カクテルの入ったグラスをバーテンダーから渡されて、慎哉が受け取っている。

「――ありがとう」

その長い指を、貴俊は見るともなく眺めていた。

「なに？」

視線に気づいたのか、慎哉が微笑みを浮かべて訊いてくる。

「あ、いや……ぼうっとしていた」

同性の指を見つめていたことに慌てて、貴俊は言い訳する。

慎哉も気にしないのか、「そう？」と言うだけで、それ以上追及してこない。

しかし、それにしても形のいい指だ。

そういえば、いつだったか部署の女性たちが、彼の指が色っぽいなどと騒いでいたことを思い出す。面差しも、男性的な貴俊とは正反対の、少し中性的といってよい線の細い端正な容貌で、フレームレスの眼鏡がまた知的だと言われていた。

そういえば、バレンタイン時などは紙袋でチョコを持ち帰っていたことを、貴俊は思い出す。彼女持ちだと知られていた貴俊は、数で負けていたが。

――ま、来年はわからないがな。

今夜で振られたのだ。もう他の女性からもらうチョコで、気を使う必要はない。

「はぁ……紗枝……」

やけ酒の理由を思い出させられ、貴俊はつい振られたばかりの彼女の名を呟いてしまう。

耳ざとく、慎哉に聞かれる。

「紗枝って……久保田の彼女？」

ムッとしてもいいはずなのに、慎哉の声がやけに耳に馴染みがよくて、貴俊はため息まじりに答えてしまう。

「振られたばっかのな」

「ああ、それで……」

悪い酒の呷り方に合点がいったとでもいうふうに、慎哉が顎《あご》に指を当てて、貴俊をチラリと見やる。

しかし、その眼差しには、振られたばかりの男を揶揄《やゆ》するような色合いはまったくなかった。

といって、同情が見えるわけでもない。

眼鏡越しに見える少し色素の薄い茶色の瞳にはなんとはなしに深みがあって、肯定でも否定でもないまま貴俊に向けられていた。どこかニュートラルな、心地いい乾きと言ったらいいだろうか。

完全に突き放すわけでも、湿っぽく同情するわけでもない慎哉の態度に、貴俊はどこかホッとした。

「その紗枝さんとは、どれくらい付き合っていたんだ？」

「大学時代からだから、六年か……」

問われるままに、貴俊は紗枝との六年間を語り出す。それは、紗枝にはぶつけることのできなかった胸のしこりを吐き出す作業であった。


「う……ん……」

首元が苦しい。

夢見心地のまま、貴俊は息苦しいネクタイを弛《ゆる》めた。これで少し楽になる。

大きく息を吐いて、大の字に寝転がった。

下は柔らかい。おそらく、ベッドに寝ているのだろう。

かなり酔っていたが、無事に自宅アパートに戻れたようだ。

そんなことを思いつつ、貴俊は本格的に寝入ろうと、意識を手放しかけた。

しかし、小さくドアが開く音がして、不審さに目を開ける。一人暮らしなのに、なぜ、他人の気配がするのだろう。

「誰……だ？」

ぼんやりとした視界に、見覚えのない景色が広がる。白い壁、機能的に設《しつら》えられたテーブルに、小さなソファセット、自室とは違うぼんやりとした灯り。

どう見ても、自宅アパートではない。貴俊は目を見開いた。

「……って、ここどこだよ」

そこに、涼やかな声がかかる。

「Gホテルの部屋だよ、久保田」

「おまっ……上原！」

驚いて、貴俊は起き上がる。慎哉はシャワーを浴びたのか、バスローブ姿で髪を拭きながら入ってきた。

「少しは酔いが醒《さ》めたか？」

「酔いが醒めたかって……なんで、こんなところに……」

状況が摑《つか》めない貴俊は、覚束《おぼつか》ない口調で慎哉に訊く。

部屋には、貴俊が横たわっていたダブルサイズのベッドがひとつきりなのが、妙に心に引っかかった。ツインの部屋は空いていなかったのだろうか。

クスリ、と慎哉が笑った。どこか婀娜《あだ》っぽい微笑だった。

貴俊はドキリとする。

その動揺に気づいているのかいないのか、慎哉は軽く貴俊のそばに腰を下ろし、答えてくる。

それはとんでもない答えだった。

「覚えていないのか？　オレと寝てみるって言ったじゃないか、久保田」

「寝る？　……寝るって……え？」

シャワー直後のしっとりとした慎哉を、貴俊は信じられない思いで見やった。

——寝るって……それはつまり、添い寝とかじゃなくて……あの……。

真っ赤になって口をパクパクさせる貴俊に、慎哉がまた「ふふふ」と笑った。シャワー後のせいなのか、眼鏡を取った慎哉は、スーツ姿のストイックさとは正反対の色香を漂わせていて、貴俊を動揺させる。

魅入られたように凍りついている貴俊に、慎哉の指が伸びる。弛んだネクタイをしなやかな長い指で解《ほど》かれた。

「今夜は思い切り羽目を外してみるって、言っていただろう？」

解いたネクタイを放り投げ、続いて慎哉はワイシャツのボタンを外し出す。下まで行くと、今度はスラックスのベルトを外された。

「ちょっ……ちょっと、上原！」

このままではどんどん脱がされてしまう。

貴俊は慌てて、慎哉を止めようとした。

しかし、上目遣いに微笑まれ、息を呑む。それは、健全な紗枝との交際では知る機会もなかった、淫靡《いんび》な微笑だった。

「シャワー浴びてくるか？　それともこのまましちゃうか。オレは……このままでかまわないけど？」

「上原……んっ」

軽く後頭部を掴まれ、唇を塞がれる。薄い唇は情が薄そうにも見えたのに、触れてきたそれは熱かった。

「ん……ふ……うえは……ら……んんっ」

「久保田……」

チュッチュッと唇を吸われ、巧みに舌が口中に滑り込んでくる。ねっとりと絡みつく舌に甘く吸われて、貴俊の下腹部が熱を帯びてきた。

――まずい……こいつ、上手い。

相手は同性だと言い聞かせても、口内を舐《な》めては舌先で悪戯《いたずら》してくるキスに、下半身が勝手に欲情していく。

気がつくと、ワイシャツをすっかり脱がされていた。

「ん……久保田、どうする？」

最後にチュッと音を立てて唇を離すと、慎哉が囁《ささや》いてくる。あの長い指がしなやかに、弛められたスラックスの前から陰部を包むように入り込んでいた。

「おまえ……いつもこんなふうに男を誘っているのかよ」

あまりに慣れた手つきに、貴俊はそう訊いてしまう。

慎哉がフッと、微笑んだ。

「男とスルのが好きなんだよ。――大丈夫だ。抱かれるのは、おまえじゃない。どうする？」

濡《ぬ》れた眼差しで、貴俊を誘ってくる。どちらかといえば生真面目だと思っていた同期の変貌に、貴俊の思考はついていけない。

しかも、この同期が、男に抱かれるのが好きな男だったなんて。

――どうしろって言うんだよ……おい。

自分が男を抱く。そんなことなど、考えたこともなかった。六年間付き合ってきた紗枝は女性であったし、それ以前の交際相手も皆、女性だ。断じて、自分には同性愛傾向などない。

けれど——。

コクリ、と貴俊の喉が鳴った。

キスで濡れた唇で、誘うようにこちらを見上げている慎哉。

バスローブから覗《のぞ》く、思ったよりも白く、滑らかな肌。

自分はまだ酔っているのだろうか。そうでなければこんなこと、受け入れられるわけがなかった。

しかし、今の自分はたしかに、目の前のこの同僚に欲情している。スラックスの中に入り込み、下着の上から雄芯《ゆうしん》を撫《な》でている長い指に、ゾクリとした。

どうかしている。

「……わかった。やろう」

気がつくと、貴俊の唇は勝手に動いていた。

理性のある状態ならば、絶対に受け入れなかっただろう。

あるいは、結婚まで意識していた彼女に振られた夜でなかったならば。

だが、今の貴俊が求めているのは、なにもかも忘れるほどの無茶だった。飲むだけ飲んで、酔って、その挙げ句が同僚とのセックスならば、このとんでもない夜にはちょうどいい。

乱暴に、貴俊は肌着を脱ぎ捨てた。現れた上半身に、慎哉が満足そうな吐息をつく。

「なにかスポーツでもやってたか？　いい身体だな」

胸にキスをされ、なぜかジンと痺《しび》れた。

「……どうすればいい、上原。男相手は初めてだ」

そう訊くと、やさしく押し倒される。依然としてバスローブを身に纏《まと》ったまま、慎哉は手際よく、貴俊の下肢からも着衣を剝ぎ取っていく。

スラックスに下着、靴下。

性器は、すでに勃起しつつあった。

慎哉の喉がコクリと鳴る。同性の勃起した性器に、彼は欲情しているのだ。

うっとりと、貴俊の欲情しつつある性器を見つめながら、慎哉が答える。

「――全部、オレがするから、久保田は横になっていればいい。目を閉じて……気持ちいいことだけ考えていろ」

「んっ……！」

言い終わると同時に、熱く、ぬめった感触に、いきなり性器が包まれた。

フェラチオだとすぐにわかった。慎哉が、貴俊の性器を咥《くわ》えてきたのだ。

同意の上で始めたとはいえ、貴俊には信じられなかった。同性のモノを好き好んで口にする男がいるなんて、考えたこともなかった。しかも、自分の同僚が。

しかし、さすがに同性だけあって、それまでのどの口淫よりも、慎哉のそれは巧みだった。

しっとりとした口腔に包まれて、舌を巻きつけられる。ジュルと音を立てながら唇で扱《しご》かれ、時に鈴口にキスされた。

「すごい……久保田のこれ、大きいね」

今までどれだけの男と寝てきたのかは知らないが、慎哉が興奮した口調でペニスにキスしながら言ってくる。

横から咥えて、括《くび》れを舐められ、貴俊はゾクゾクする感覚をこらえきれなかった。

それを感じ取ったのか、慎哉がクスリと笑う。

「最近してなかったのか、久保田」

「くっ……振られるような男なんだから、仕方ないだろう」

からかうような口調にムッとしながら、貴俊は言い返す。

先端に近い部分を親指の腹で強く撫でられ、押されるように樹液がとぷりと溢《あふ》れ出た。

それをうっとりと啜《すす》られる。

「ん……濃いね。美味しいよ、久保田。——でも、そういうことなら、あんまり焦《じ》らさないほうがいいよね。ちょっと待って」

片手でやわやわと貴俊の性器を刺激しながら、慎哉が起き上がる。もう片方の手が、バスローブの中に入り込んだ。膝立ちになった後ろに、手が回る。

「……ふ……んぅ……」

「上原……なに、してる……」

貴俊の声が掠《かす》れた。半ばわかって、半ば信じられない思いの問いかけだった。

慎哉は無言だ。適当な間隔をあけながら貴俊の性器を扱きつつ、もう片方の手がその背後でゆっくりと上下に動いている。

その行為に興奮しているのか、慎哉の頬がしだいに上気し、唇から熱い吐息が洩《も》れていく。白い肌が桜色に染まっていくのが、とんでもなく淫靡に見えた。ドクリ、と握られているペニスが膨れる。

バスローブに包まれた裸身は、どうなっているのだろう。

ふと、気になった。いや、興奮しているだろう慎哉の裸身が見たいと思った。

貴俊の手が、慎哉のバスローブに伸びる。

しかし、性器を握っていた手がサッと離れて、貴俊の腕を取る。

「ダメだよ。興醒めするから、やめておけ。——ん、準備できた」

ヌチュ、とねばついた音が室内に小さく聞こえた。

慎哉が、貴俊の下肢を跨《また》ぐ。

「久保田、目を閉じていな。そのほうが、きっと気持ちよく感じられる」

男と寝るのは初めての貴俊を気遣ってか、慎哉がそう言ってくる。男のそこに自身が入っていく様子は、それほどに貴俊を醒めさせるのだろうか。

貴俊は自問した。バスローブに包まれているとはいえ、肝心の部分を隠していても、慎哉はやはり男以外の何物にも見えない。

胸の膨らみはないし、喉仏だってある。バスローブで隠されてはいるが、その下肢では男の印が勃起しているのがかすかに見て取れた。

そう。自分のモノが今から入り込むのは、男の身体だ。

しかし、不思議と嫌悪は感じなかった。それよりもむしろ、上気している慎哉に自分は欲情している——。

貴俊はゆっくりと首を横に振った。

「いいから……見せてくれ、上原」

「もの好きだな」

肩を竦《すく》めながら、慎哉はそれ以上勧めるのをやめる。けれど、バスローブの裾を捲《まく》りはしない。

自らの下肢は隠したまま、性器の位置を確認して、ゆっくりとその腰を落としていった。

「待てよ……っ」

「………んっ」

「……っ」

貴俊は息を呑む。ペニスの先端が窄《すぼ》まった襞《ひだ》に触れたのだ。

襞は柔らかかった。従順に口を開き、ねっとりと貴俊を咥えていく。

ビクリ、と貴俊の腰が揺れた。

「上原……く……っ」

自分の太いモノが、本来性器を挿入するための部分でない孔を開いて、中に入り込んでいく。軽い締めつけの抵抗感がまたたまらない。

「あぁ……久保田……すごい……ぁ、んんぅ」

ゆるく腰を使いながら、慎哉も陶然とした様子で貪欲に貴俊を後孔に呑み込んでいく。

熱く。

湿った。

柔らかな。

蕩《とろ》けた。

そこは性器ではない。本来、こういう目的のために使われる器官ではない。

けれど、こんなに甘美な感覚を、貴俊は味わったことがなかった。

後孔だけではない。貴俊を呑み込みながら、切なげに眉をひそめる慎哉に、その仰け反る喉元、喘《あえ》ぐ胸元に、同じ男と知りながら情欲が刺激される。もっと、感じた慎哉を見たくなる。

根元まで呑み込み、濡れた眼差しで宙を見つめる慎哉のバスローブを、貴俊は乱暴に暴いた。

「久保田っ……なに！」

慎哉が慌てたように声を上げる。はだけられたバスローブを貴俊から取り返そうとする。

それを貴俊は強引に押しのけて、晒《さら》した裸身を見つめた。

濃いピンク色をして尖《とが》った乳首、すっかり勃起してそそり立っている性器に、喉が鳴る。

紗枝とはまったく違う、男の身体――。

だが、禁忌を犯しているという感覚がよりいっそう貴俊をそそるのだろうか。

雄を呑み込んで明らかに昂《たかぶ》っている慎哉の姿に、貴俊が感じるのは興醒めではなく、欲望だった。

ドクリ、と慎哉の中の怒張が膨張する。

「ぁ……久保……田………どう？」

貴俊の情欲に気づいたのだろう。慎哉が濡れた声でそう訊いてきた。バスローブをはだけた時には
あれほど慌てた声を上げていたのに、同性の裸身に貴俊が萎《な》えていないとわかると自身の痴態を隠さなくなる。

その白い肌が欲情して桜色に染まっているのが、この上なく貴俊をそそった。

「……挿《い》れられて……そんなに感じるのか？」

「ん……これ、気持ちいい……ぁ」

応えて、慎哉が貴俊に見つめられながら、軽く腰を揺らす。中に入った欲望が柔襞とともに捏《こ》ねられ、それに慎哉が感じ切った喘ぎを洩らす。

挿入に感じる姿は、同性でも女と変わらなかった。いや、同性であるからこそ、より淫らに思える。同じ男を、自分の雄が鳴かせているのだ。

不可思議な高揚感が、貴俊に芽生えた。女のように男に貫かれ、女のように喘ぎを洩らすこの男を、さらに感じさせてやりたい。気持ちがいいと喘がせてやりたい。

「あっ……！」

衝動のままに貴俊は起き上がり、体勢を入れ替えた。繋《つな》がったまま慎哉を押し倒し、グッと奥を突く。慎哉から甘い声が零れ出た。

「あぁ……っ、く……久保田……んっ」

「こうされるほうが好きだろう？　中をこうされるのは？　どうだ……」

続けて乱暴に、慎哉を揺すり上げた。力任せの抽挿に、慎哉が濡れそぼった嬌声《きょうせい》を上げる。

「あ、あ、あ……あぁ、好き……好き……もっと……メチャクチャに突いて、いいから……あ、んっ

「……んんぅっ！」

乳首を摘まみ上げられて、慎哉が詰まった悲鳴を洩らす。

しかし、雄を咥え込んだ柔襞は逆に強く収縮し、ひくひくと雄芯に絡みつく。もっととねだるような動きだった。

――持っていかれそうだ……っ。

さほどの愛撫《あいぶ》も施していないのに、この過敏さはどうだろう。まるで、抱かれるための身体のようだった。

「上原……っ」

「あ、あ、あぁ……久保田……あぅっ」

いつしか、貴俊は夢中になって、慎哉の身体を貪っていた。突き上げ、唇の届くすべてにキスをして、特に敏感な乳首はいやらしく舐め、吸って――。

「中に出していいか、上原……っ」

「ん、いいよ……出して……全部、オレの中に……熱い精液……あ、ん……出して、久保田っ」

腹が、慎哉の出した先走りで濡れている。そのぬめりすら、貴俊を興奮させた。

「上原……っ」

ひときわ激しく突き上げながら、貴俊は慎哉の首筋に歯を立てる。

ビクン、と慎哉の全身が引き攣《つ》り、肛壁が収縮した。

「……うっ！」

「あぁ……あぁぁ――っ！」

ビクンビクンと慎哉の下肢が跳ねるように突き上がり、それと同時にきつく蠕動《ぜんどう》する内部に、貴俊は自身の熱のすべてを迸らせた。二度、三度と打ちつけて、欲望を吐き出す。

慎哉のほうも蜜を放出し、ビクビクと下肢を震わせている。放出した精液は互いの顎近くまで飛び散っていて、その快感のすごさを貴俊に教えた。

この男は、男に肛壁を抉《えぐ》られ、中出しされて感じたのだ。

そのことに、かつてないほど征服欲が刺激された。息を荒げて、貴俊は慎哉に覆いかぶさる。

――すごい……なんて身体だ。

全身が悦楽に甘く痺れていた。こんな頭の芯まで陶然となる快楽を、貴俊は知らなかった。

正直、紗枝とでもここまで感じることはほとんどなかった。

――まずいな……はまってしまいそうだ。

その上、女性にはなかった利点まで、この男にはあった。呼吸が鎮まると、慎哉が淫らに貴俊をそそのかしてくる。

「まだ……いいだろう、久保田？」

ヒクンと、中に入ったままの貴俊を食いしめてくる慎哉に、貴俊の雄も反応してしまう。

「くそっ……おまえの身体、よすぎる……」

「よく言われる、ふふ」

そのまま、二回戦目に突入する。貴俊のどんな乱暴な抽挿にも、慎哉は楽々とついてきた。それどころか自らも腰を回し、貴俊をさらに煽《あお》ってくる。

誘われるままに、貴俊は同僚の身体を思う様、貪った。


ぐったりと、貴俊はベッドに沈み込んだ。今でもまだ信じられない気分だった。

――男とのセックスで、こんなになるとはな……。

酔っていたのと、自棄《やけ》になっていたのとでやってしまったことだが、まさか、ここまで耽溺《たんでき》できるとは思わなかった。

慎哉はさっさと、シャワーを浴びにいっている。

大きく息をついて、貴俊は起き上がった。ベッドから下りて、冷蔵庫からミネラルウォーターを取る。

よく冷えたそれを半分ほども一気に飲み干して、天井を見上げた。

と、浴室のドアが開く音を聞いて、慌てて床を見回した。慎哉がコトの途中で脱ぎ捨てたバスローブを見つけて、急いで羽織る。

振り返ると、タオルを腰に巻いた慎哉が喉の奥で笑っていた。

「今さら隠すこともないんじゃないか？」

「馬鹿言え」

そう返しながら、貴俊は不器用に目を逸《そ》らす。慎哉の裸の胸を見て、ドギマギしている自分がおかしかった。

だが、彼の白い肌のそちこちには、貴俊がつけたキスマークや嚙んだ痕などが残っていて、いかにもセックスの痕跡が生々しすぎた。

クスクス笑いながら、慎哉が歩み寄ってくる。

「それ、オレにもくれよ」

「……あ」

貴俊が手にしていたミネラルウォーターの残りを、慎哉に取られた。飲みかけのそれを、コクコクと喉を鳴らしながら飲まれてしまう。

反らされた喉元、それが動く様に、貴俊は目を離せない。

飲み終わって、またニヤリと笑われた。

「——そんなによかったか？　オレとのセックス」

「ちょっ……上原！」

「なに慌ててるんだよ。さっきまであんなに……イロイロしたのに、ふふふ。案外初心《うぶ》いんだな、久保田は」

からかいながら、慎哉は下着を身につけ、さっさと身支度を始めてしまう。

それが面白くなくて、貴俊はつい彼に嚙みつくようなことを言ってしまう。

「ホント、慣れてんだな、こういうの。いつもこうやって、適当な相手を引っかけて、足を開いてるのかよ」

「特定の恋人なんて面倒だろう？　快楽だけが目当てなんだから、誰だっていいさ」

ワイシャツに袖を通し、慎哉が横目で揶揄するように唇の端を上げる。

振られた自分に当てつけているのかと、貴俊はムッとする。

「真剣な交際のどこが悪い。俺は、彼女とは結婚も考えていたんだ、真剣に」

「でも、オレとのセックスもよかっただろう？　六年も真面目な男女交際をしてきたんだから、しばらくは遊んでみたらどうだ。おまえだったらよりどりみどりだろ。男とだってできるって、今夜で証明できたわけだし？　遊びの範囲が広がるぞ、これで」

なんでもないことのように、慎哉が言う。彼にとって他人と身体を重ねる行為にはなんの意味もない、そういう態度だった。

そう軽く考えられるなら、あんなやけ酒など飲みはしない。

貴俊は不貞腐《ふて》れる。所詮、遊びでセックスを楽しめる人種と、自分は違うのだ。

……いや、違う。

貴俊は眉をひそめた。

紗枝に振られるまでの自分は、たしかに遊びのセックスなんてできない人間だった。

だが今、慎哉とこうなって、充分にその身体を楽しんだ自分がいた。

気持ちがなくても、誰かを抱けるのだ。

貴俊は頭を抱えて、ベッドに座り込む。

その間にも、慎哉は着衣を整えて、最後に眼鏡をかけると貴俊を見下ろしてくる。

「――で、どうする？　オレは帰るけど、おまえは？　泊まっていくか」

「電車はもうないだろう」

「ああ、うちはここからタクシーで払える範囲内にあるんだ。――ま、ここはラブホと違うし、一泊取ってあるから朝まで居ても大丈夫だし、おまえはおまえで好きにしてくれ。じゃあ」

あっさり言って、慎哉が背を向けようとする。

貴俊はその時、自分がなぜ、そんな行動に出たのかわからなかった。思えばこれが、のちに繋がる分岐点になっていたのだと思う。

気がつくと、去りかけた慎哉の腕を摑んでいた。

「待てよ。人にこんなこと教えておいて、これっきりとかっていうんじゃないだろうな」

その言葉に、慎哉が片眉を上げて、振り返る。

「なんだよ。彼女の身体より、オレの身体のほうが気に入ったか？」

ついさっきまで貴俊の下で喘いでいたくせに、面白そうに見下ろしてくる。湿っぽい感情など欠片もない、割り切ったドライな態度だった。

そう、彼にとってはなにもかもが遊びなのだ。どれだけ淫らに身体を繋げても、そのことで恥ずかしげもなく喘いでいても。

ならば、いいではないかと貴俊は自分に言い聞かせる。

――俺だって、遊べばいい。

フッと力が抜けた。

「おまえ……いつも行きずりの相手ばかりなのか？」

「気持ちよく寝れそうな相手だったら、誰とでもするけど？　――オレとまた寝たいの、久保田」

摑まれた腕をそっと外し、慎哉が貴俊に向き直る。少し身を屈《かが》めて、ベッドに腰かけたままの貴俊の肩に両腕を回してきた。

「そんなにオレの身体がよかった？」

唇の触れる近さで、そう囁いてくる。

「おまえは？」

貴俊は、質問に質問を返す。

「おまえは、俺と寝て、どうだった？」

「よかったよ、とても。あんなふうに乱暴に抱かれるの、好きなんだ。メチャクチャにされるの……大好き」

チュッ、とキスされた。軽いそれだけで逃げようとした慎哉を、貴俊は逃がさない。後頭部を押さえて、今度は自分から口づけた。

「ん……ふ……っ」

乱暴に唇を割り、口中を舐め回す。痛いほどに舌を絡めて吸ってやると、慎哉から甘い吐息が洩れた。

たっぷり唇を貪ってから、キスを解く。

「……俺から誘ったら来るか、上原」

「セフレになるのか？　真面目な久保田が」

「いいよ、セフレで。おまえが相手なら、避妊に気を使う必要はないだろ」

「ひどいな」

そう言いながら、慎哉はクスクスと笑う。職場では見たことのない、淫蕩《いんとう》な顔だった。

だが、遊び相手には最適な顔だった。

笑いながら、慎哉が頷く。

「いいよ。お互い予定が合うようだったら、また寝よう。久保田のアレ……大きくて硬くて、気持ちよかったからね」

「……まるでビッチのセリフだな」

「そうだよ。オレはビッチだからね」

明るく笑って、慎哉は身を起こした。

「それじゃあ、またな。次の機会を楽しみにしてるよ、久保田」

それだけであっさり手を上げて、慎哉が部屋を出ていく。

貴俊はそれを呆《あき》れまじりに見送った。自分にも慎哉にも呆れていた。

なんという男と関わり合ったのだろう。

だが、今はもうどうでもよかった。少なくとも慎哉の身体に溺《おぼ》れている間は、紗枝のことを考えなくて済んだ。避妊すら気遣わなくてよい行為は、純粋にスポーツのようにすら思えるものだった。

身体を動かして、もやもやを発散する。

「心変わり、か……」

ドサリ、と貴俊はベッドに倒れる。この痛みを乗り越えるのは、いつになるのだろうか。

人生で一度くらい、セックスフレンドと言えるくらいの軽い相手と関係を持つのも、悪くないかもしれない。

特に今は、そういう無茶をしたい気分だった。

「……シャワーでも浴びてくるか」

ため息をついて起き上がり、貴俊は浴室に向かった。

§第一章

「香川《かがわ》さん、A社の発注書、起こしておいてもらえる？　えっと、夕方までに」

「了解です。行ってらっしゃい！」

事務アシスタントを受け持っている女子社員の見送りに軽く手を上げて応えて、貴俊は部署を出た。

佐々倉《ささくら》物産環境・インフラ事業部が、貴俊の職場だ。最近は公共事業の建て替え需要のおかげで、忙しい。

夜には接待が入る時も多々あり、プライベートの時間を取るのはなかなか大変な職場であった。

とはいえ、やりがいはある。

エレベーターを待ちながら、貴俊は携帯端末を取り出した。手早くメールを打ち、送信する。慎哉へのものだった。

初めての夜から、すでに三ヶ月が経過しようとしていた。

あの夜以降、一、二週間に一～三回程度の頻度で、貴俊は慎哉と身体を重ねていた。

そろそろ昼休みが近いから、その頃には返事をもらえるだろう。

同じ会社とはいえ、外回りが多い貴俊の職場と違い、財務部の慎哉は比較的時間通りの業務内容だ。

そのため、夜の誘いはもっぱら貴俊のほうからだった。

エレベーターで一階に下りて、地下鉄駅へと向かい、電車に乗ったところで返信が来た。

承諾の返事に、貴俊はわずかに微笑む。

遊びの関係のはずだったが、三ヶ月を経てもまだ、慎哉に飽きることはなかった。それどころか、同性の身体が初めてだったためか、抱くごとに新たな発見があり、手放せない。

なにより、紗枝の件で傷ついていた貴俊には、慎哉のドライなくらいの態度のほうがあとくされなく楽しめた。

それに、同性だからか、考えていることの方向性がだいたい理解できるのもいい。

女性相手では、なぜここで怒るのか、どうしてそういう結論に至るのかさっぱりわからない時がよくあったのだが、慎哉だとそういう行き違いが少ないのが気楽だった。

――まあ……いくら身体の相性が合っても、男相手に恋だの愛だのあり得ないからな。

逆に、それがいいのかもしれない。

そんなことを考えながら、貴俊は携帯端末をしまった。今日は接待が入っていないから、遅くとも七時過ぎには仕事が終わる。

前回は五日前だったから、久しぶりに慎哉と楽しめると思うと、週末の疲れもなんとなく軽く感じられてくる。

翌日は土曜日で休日だから、思い切り激しい行為をしても支障はないだろう。

気分よく、貴俊は目的の会社まで、地下鉄に揺られていった。


「あ……あ……あ……あぁっ、そこ……ダメ……っ」

力強く突き上げたあと、奥まで挿れた状態でゆっくりと腰を回すと、慎哉が濡れそぼった嬌声を上げる。貴俊の性器を包み込んだ肛壁がヒクヒクと乱れ、下肢がねだるように揺れるのを、満足な気分で味わった。

初めての夜にはほとんど慎哉にリードされていた貴俊だったが、三ヶ月が過ぎた今では、慎哉の身体のどこをどうしたらいいのか、よくわかるようになっていた。

中を捏ねるだけで突いてくれない貴俊に焦れて、慎哉の脚が腰に絡みついてくる。もっと深く、もっと強く、中を抉ってほしいのだ。男の後孔には感じる部分があり、そこを硬くしなった怒張で擦《こす》り上げられるのが、慎哉はたまらなく好きだった。

今も、わざと焦らされて、ねだるように腰が揺れている。元々どこかストイックな雰囲気のある慎哉のその行為は、とんでもなく淫らで、貴俊の中の獣性を誘う動きだった。

だが、簡単にはあげない。もっと、慎哉をドロドロになるまで蕩かして、鳴かせてやりたい。

貴俊は慎哉の肩口に噛みついた。

「……あぅ、っ」

ビクン、と慎哉の中が収縮し、貴俊の男根にねっとりと絡みつく。

舐めたり、吸ったり、時には軽く歯を当てたりしながら、貴俊は慎哉の肌を伝い下りていった。鎖骨を舐めると、慎哉から啜り泣くような喘ぎが上がる。少し位置をずらして脇に近い柔らかい部分にキスすると、ねだるように下肢が突き上がる。

最後に、貴俊はピンク色をしたいやらしい乳首に、唇を落とした。可憐《かれん》な色をしているくせに、そこがどれだけ淫らなのか、この三ヶ月あまりでよくわかっている。

「ぁ……んっ」

チュッと吸って、尖った先を舌先でチロチロと舐めてやった。

慎哉から切なげな喘ぎが上がる。

「ん……んん、久保田……あぁ」

「気持ちがいいか、上原」

唇で挟《はさ》みながら訊いてやると、浮かされたようにコクコクと頷いてくる。

「う、ん……ん、気持ち……い、い…………あ、あぁぁ……あ、んっ」

素直な返事に、貴俊は奥に挿れたままの怒張を、少しだけ動かした。柔らかな肛壁を抉るように、

いい部分を擦ってやる。

だが、ここまでの焦らしがいいかげん癪《しゃく》に障ったのか、負けじと慎哉が後孔を締めつけてきた。

「……うっ」

「久保田も……こんなにしているくせに……。早く、オレの中に……出しなよ、ぁ」

時ならぬ締めつけに貴俊が思わず快感の呻《うめ》きを洩らしたことに気をよくして、慎哉がニイッと笑っう。さらに、伸しかかっている貴俊の首筋に悪戯なキスをしてきた。

負けるものか。

引き剝がして、貴俊は強引にその唇を塞いだ。

「ん……ふ……」

互いに舌と舌を求めて、絡ませて、主導権をせめぎ合うようなキスだ。

だが、勝つのは自分だ。

貴俊はキスを続けたまま、大胆に欲望を引き出した。

「んぅ……っ…………んんぅぅっ！」

そうして、思い切り突き上げる。そのまま力強い抽挿を開始した。

戦慄《わなな》く柔襞を擦り上げ、最奥を突く。

と思えば、入口近くの浅い部分を集中的に苛めて、切なく蠕動する花襞の淫らさを楽しむ。

「ん……ぅ……ぁ、久保田……突いて」

キスが外れて、慎哉がせがむ。背中がツキンと痛んで、爪を立てられたとわかった。

だが、快感の極みの今は、痛みまでも快楽だった。

「こんなところを苛められるのが、そんなに好きか？」

「好き……気持ちいいよ、ん……久保田だって……オレのここ……好きだろ？」

そう言って、挑むように慎哉が見上げてくる。眼鏡のない瞳は近視のゆえか、それとも快感のゆえか熱く潤んで、いつもは淡々としている男に思いもかけないほどの色香を加えてくる。

ストイックな昼の顔と百八十度違う、夜の顔――。

ドクリ、と慎哉を責めている欲望が膨張した。慎哉が嫣然《えんぜん》と微笑んだ。

「ぁ……また……大きくなった、ふふ」

貴俊はグチュリと音を立てて、入り口近くを苛めていた怒張をゆっくりと奥まで捩《ね》じ込んだ。

互いに余裕を見せ合いながら、息遣いは切迫して荒い。

「おまえのここは、最高の孔だよ」

「あぅぅ……っっ！」

そのまま乱暴に抽挿を開始する。

中を抉られ、慎哉が悲鳴を上げた。それは、悦《よろこ》びの悲鳴だった。

貴俊も収縮する内部を強引に突いて、引き抜く行為に脳髄が痺れていく。

あとはもう、なにも考えられない。

貴俊は思う様、慎哉を突き上げ、揺さぶり、欲望を貪った。

慎哉も、犯されることの悦びを味わい尽くす。

「あ、あ、あ……久保田……あぁっ！」

「上原……くっ」

熱く、蕩けた肉襞に、貴俊は最高の悦楽を叩きつける。

迸《ほとばし》る熱い樹液に、慎哉の身体がビクンビクンと震えた。そうしながら下腹部から、彼の蜜液が噴き上がる。

「んっ……ふ、はぁ……はぁ……」

「はぁ……はぁ……はぁ……」

ホテルの部屋に、二人の荒い息遣いが満ちた。

脳みそを空っぽにして溺れるセックスは、最高の娯楽だった。ましてや、色恋の絡まないドライなものならば、なおさらだ。

純粋な性の悦びに、貴俊はたっぷりと浸る。

そうして、しばらくたち呼吸が整ったところで、貴俊は慎哉の後孔から自身を引き抜いた。そのままゴロリと、隣に転がる。

慎哉はまだ息が荒い。最初の頃にはあった余裕が、貴俊が同性との愛技を覚えるにつれて、失われていた。

そのことに、貴俊は満足を覚える。男相手でも、どうやらある種の支配欲はあるようだった。

そうなると気になるのが、自分以外の相手だ。いったいどういう男と——男たちと——慎哉は関係を結んでいるのだろう。その男たちと比べて、自分はどの程度の位置にいるのだろうか。

貴俊は肘をついて慎哉へと身体の向きを変え、その胸に、顎に飛び散った快楽の証を指で拭った。

「二回目だったが、すごい勢いだったな」

慎哉がうっすらと目を開ける。フッと、唇の端を上げて笑った。

「おまえの憶えがいいからな。回を重ねるごとに、エロくなる」

「合格点はもらえそうかな」

そう言うと、慎哉がクスクスと声を上げた。

「対抗意識か、久保田。オレが寝ている男の中で、自分がどれくらい上手いのか、知りたくなった？」

心中をまんまと見透かされ、貴俊は顔を赤らめる。

「しょうがないだろ。気になるんだから」

「男は社会性の生き物だからな、はは。なんだって順位をつけずにいられない、か」

慎哉が起き上がって、軽く貴俊の鼻を摘まむ。

その手を、貴俊は摑んだ。

「――ここ、俺のつけたキスマークじゃないだろ。ここも……そこも」

手首の内側、臍《へそ》の横、脚の付け根を指差す。

「なあ、俺の他に何人の男と遊んでいるんだ？」

「妬《や》いてるのか？」

からかうように言われて、貴俊はムッとする。

「まさか……。ただちょっと、いったい自分が何人のセフレのうちの一人なのかと思っただけだ」

「そうだよな。おまえはオレと違って、セフレの相手もオレ一人だものな。――なあ、他の相手と遊んでかまわないんだよ。わかってるだろう？」

顔を覗き込んで、慎哉があっさりとした口調で言う。

貴俊は肩を竦めた。

「アホか。おまえとだってやっとなのに、他の相手に使う時間があるかよ」

「インフラ事業部は忙しいもんな。可哀想な、久保田。オレみたいのに貴重な余暇を使ってさ」

慎哉がベッドから立ち上がり、手を差し伸べてくる。

「なんだよ？」

「お詫びに、サービスしてやるよ。一緒に、風呂に入ろ」

貴俊は頭を搔《か》いた。

「サービスって、風俗かよ」

「まあいいじゃん。明日は休みだろ？　もう少し……気持ちいいことしよう」

プライベートの時にだけ見せる淫蕩な顔を、慎哉が見せる。

貴俊はドクリと心臓が波打つのを感じた。

――まいったな……。

愛のない行為なのに、欲望の高鳴りは同じだ。苦笑しながら、貴俊は立ち上がる。

浴室で、カーテンを閉めて浴槽に入り、キスをした。

キスが終わると、慎哉に肩を押され、浴槽の縁に腰かけさせられる。その手に、シャワーヘッドを渡された。

慎哉は、浴槽の中で膝をついている。貴俊を見上げて、淫靡に囁いた。

「なあ、久保田のコレ、しゃぶっているから、久保田はオレの後ろ、かき出して？」

「……しょうがないな」

「ん、ふ……」

応じると同時に、慎哉の口に性器が含まれる。じんわりとした快感が、下腹部から這《は》い上がった。

だが、もう二回出しているから、鈍い。これからの行為にはちょうどよかった。

貴俊は慎哉にかからないよう調整しながら、湯を出す。そうして身を屈め、背筋から指先を伝い下ろして、後孔に指を挿れた。

「……んぅ、っ」

「もう少し腰を上げろ。そうしたら、奥まで指を挿れてやる」

「ん……」

従順に、わずかに上がった尻の狭間で、貴俊は指を根元まで埋《うず》めてやる。そうして、むごく後孔の襞を広げた。

「お湯を入れるぞ」

「……ん……………んぅぅ、っ」

シャワーを当てて、指で広げた後孔に湯を注ぎ入れた。ビクビクと、慎哉の下肢が揺れる。貴俊の指を呑み込んで揺れるその光景は、とんでもなく淫らなものだった。

湯が入るたびにビクビクと、襞を開く指に絡みつこうとし、締めつけてくるのがたまらない。

それでいて、口は懸命に貴俊の性器への奉仕を続けている。

会社で見せている清廉な顔と正反対の淫蕩な慎哉に、貴俊の欲望はいや増した。ひくつく蕾《つぼみ》にさらに深くまで指を挿入し、自分が中に出したモノをいやらしい指使いでかき出してやる。

「ん……んぅ……ん、ふ」

「俺のペニスは美味《うま》いか？」

わざと訊いてやると、慎哉は上目遣いで貴俊を見上げて、頷いた。

「ん……美味《おい》し……」

うっとりと、性器を咥えていた唇を大きく開いて、貴俊に見えるように舌を使ってくる。

「くっ……」

達してしまいそうな快感が押し寄せ、貴俊は眉をひそめてこらえた。

まだだ。先に達してなるものか。

貴俊は挿入した指で、乱暴に襞をかき回した。

「あっ……久保田、深……っ、あぁ」

「全部出してやるまで、ちゃんと咥えていろ、上原」

「んっ……んぅ、っ」

すべてをかき出すまで、貴俊は慎哉に自身の充溢《じゅういつ》をしゃぶらせ続けた。


ネクタイをキュッと締めて、慎哉が身支度を終える。

それを「じゃあな」と見送って、貴俊はベッドに転がった。

結局あのあと、そのままもう一度慎哉に挿入して、果てた。

キスをしながらその始末をして、浴室から出るともう、慎哉はいつもの淡々とした男に戻って、スーツを身に纏う。

「あれだけヤッて、帰る気力があるとはな……」

天性のニンフォマニアということだろうか。

そんなことを考えながら、貴俊は何気なし、慎哉のスーツが散らばっていたはずの場所を眺めた。と、椅子の下になにかが落ちていることに気づく。

起き上がって拾い上げると、それは通勤に使うＩＣカードの入ったケースだった。

「あいつ……」

今夜はタクシーで帰るとして、これがないと来週の出勤時に差し支えるのではないか。

仕方がない、急いで追いかければまだ間に合うか。

貴俊は手早く、脱ぎ捨てていたスラックスとワイシャツを着た。ネクタイと上着はまあいいことにして、先に慎哉を追いかける。

エレベーターで素早くロビーに下り、慎哉がタクシーを待っているだろう玄関に向かった。

しかし、一足遅かったのか、慎哉の姿は見えない。

参ったなと思いながら、貴俊は佇《たたず》んでいたドアマンに訊ねた。

「すみません、ついさっきここからタクシーに乗った人はいませんか？」

「いいえ、いらっしゃいません。どなたかお探しですか、お客様」

逆に訊《たず》ねられ、貴俊は困惑した。慎哉はいつも、ここからタクシーで自宅アパートに戻るはずだ。

それなのに、どうして今夜はタクシーに乗らなかったのだろうか。

「ああ……実は、友人がこれを忘れていったので、届けようと、急いで下りてきたんです。わたしと同じくらいの年齢で、スーツ姿の細身の男なんですが、見ませんでしたか？」

「その方でしたら、あちらの方角に歩いていかれましたよ」

「歩いて……。そうですか、ありがとう」

急いで礼を言って、貴俊はドアマンが示した方向に走り出した。

なぜ、タクシーに乗らなかったのか。

その頃にはなんとはなし、その予測がついた。

男、ではないだろうか。自分のあとに、誰か別の男との予定が入っていたのではないか。

そんな気がした。でなくては、終電もないこんな時間に、歩いてホテルを去る理由がない。

お盛んなことだ。

そういうことならば、探す必要などない。探して見つけても、互いに気まずい思いをするだけだ。

頭の片隅でそう言う声がしたが、貴俊は慎哉を探し続ける。

どこか意地になっていたのかもしれない。自分とあれだけ抱き合っておいて、他の男と続けて会うとは、と。

ホテルの敷地を出て、おそらく迎えに来ているだろう男の車を探す。

それとも、もう行ってしまっただろうか。貴俊の予想通りなら、とっくに走り去っていてもおかしくない。

それでもつい、停車している車の中を探してしまう。

その足が、ふいに止まった。

「上原……」

通り過ぎる車のライトに照らされて、その車内が見えた。

運転席に男、助手席に慎哉。

その慎哉の顎に男が指をかけて、キスをしている。

男は、少し貴俊たちよりも年嵩《としかさ》だろうか。余裕のある態度、車種から、それなりに裕福な立場にいるのがわかった。

髪にゆるくウエーブのかかった、どこか洗練された風情の男だった。

とっさに、地下鉄駅へと続く地下道の入口の陰に、貴俊は身を隠した。しかし、その目はキスを続ける二人を凝視している。

——あれが、上原の男……。

男は我が物顔に、キスをしている。

と、その唇が離れた。とたんに、慎哉が男から顔を背ける。「やめてください」と、その口が動いた気がした。

だが、男は許さない。再び顎を取り、強引に顔を上向かせると、唇を塞ぐ。

抵抗しようとした慎哉の腕はもう片方の手に摑まれ、背もたれに押しつけられる。

「なんだ……あれは」

貴俊は眉をひそめた。

慎哉はセックスが好きな、ニンフォマニアじみた男のはずだった。貴俊の他にも複数のセフレがいて、それぞれと快楽塗《まみ》れのセックスを楽しんでいるはずだった。

車中の男も、その一人ではないのか？

それなのになぜ、慎哉は抵抗している。

——セフレ……ではないのか……？

だが、ホテルからタクシーに乗らなかったことを考えれば、男と慎哉は待ち合わせをしている間柄と考えるのが普通だ。

貴俊のあとに約束を入れて会っているのならば、あの男も貴俊同様、慎哉のセフレということになる。

しかし、慎哉の態度は同意とは思えなかった。男からのキスに抵抗の意を示している。

ならば、止めたほうがいいだろうか。

貴俊がそう思った時だった。男の唇が離れ、慎哉が解放される。

男が慎哉になにか命令する。

慎哉は男を睨《にら》んだ。しかし、やがて諦めたように、手を動かす。

——なにをしている……？

よく見えないが、まるで、スラックスを寛《くつろ》げているような動きだった。いや、その通りなのか。

慎哉は唇を嚙みしめて、なにかを握っているような動きになる。

満足そうに、運転席の男が笑うのが見えた。そうして、エンジンがかかる。

切なげに、慎哉が唇を嚙みしめた。見えている部分の腕が、見覚えのある動作をしている。単調に繰り返される、前後になにかを擦るような動き。

やはりそうだ。男に命じられて、慎哉は自慰をしているのだ。

貴俊は愕然《がくぜん》とした。夜とはいえ、ライトに照らされれば車内の様子は見えてしまう。それなのに、なんということをさせているのだ。

だが、慎哉は抗《あらが》いはしたが、逃げることはしなかった。諦めたように、男の言葉に従っていた。貴俊に見せるのとはまったく違う顔で。

ただのセフレにあんな行為を許すのか？　慎哉が。

直感的に、貴俊は悟った。あれはきっと自分とは違う、遊びではない男だ。

セフレではない。

ただの快楽のための相手でもない。

「まさか……あれが本命……？」

呆然と、貴俊は走り去っていく車を見つめる。

慎哉にセフレとは違う男がいたことに、抗いながらも従わざるを得ない男がいたことに愕然となる。

自分が見たものが信じられなかった。

――あいつに……遊び以外の男がいたなんて……。

そのまま頭が冷えるまで、貴俊は動けずに立ち尽くしていた。

§第二章

二週間後、貴俊は自宅に送られてきた調査書に目を通していた。

例の、ホテルでの目撃のあと、どうしても気になり——特に、慎哉がイヤがっている様子が——自分でもどうかと思ったのだが、興信所に男の素性調査を依頼してしまったのだ。

ただのセフレに、ここまでする義理などない。慎哉が誰と遊んでいようと、どんな男に摑まっていようと貴俊には関係ない。

しかし——。

どうしても、慎哉の不本意そうな態度が気になってならなかった。なにか弱みを握られて脅されているのか。それとも、切りたくても切れない腐れ縁でもあるのか。

とにかく男との関係を喜んでいない様子が気になって、放っておけなかった。

いいかげんお節介だと、自分でも思う。だが、男のする明らかに常識はずれな命令に、唯々諾々《いいだくだく》と従わされている慎哉が気になって、気になって仕方がない。

といっても、男の手がかりは、あの時の車のナンバーのみしかない。

やむを得ず、貴俊は興信所の助けを借りることにした。男と再び会うまで慎哉を尾行する手段は、首になる覚悟でもなければ無理だったからだ。貴俊の部署は残業上等の職場なのだ。

しかし、さすがにプロだ。その手がかりだけできちんと、男の身元を洗い出してくれていた。

残業の終わった深夜、貴俊は自宅アパートでその資料に目を通す。

男の名前は石津《いしづ》博之《ひろゆき》、二十九歳。

貴俊と慎哉より三歳年上の男だった。

職業は医師。地方の総合病院の子息で、名前を聞けば誰でも知っているような大学病院に勤務していた。かなり優秀のようで、男には教授の娘との縁談も進んでいるらしい。

そんな男と、慎哉は頻繁《ひんぱん》に逢瀬を重ねていた。

調査書には数枚、深刻な顔をして博之に肩を抱かれ、彼のマンションに入っていく慎哉の写真が同封されていた。

どう見ても、楽しげな恋人には見えない様子だ。それでいて、彼に呼ばれればいつでも、慎哉は男の元に赴《おもむ》くらしかった。

「どういう関係だ……？」

貴俊は眉をひそめる。これまでの慎哉の性格からして、ただのセフレが相手ならば、もっと楽しげにマンションに入るだろうことはわかっていた。セックスを快楽と言い切って恥じない慎哉なのだから、こんな暗い顔をするはずがない。

では、セフレではなく本命なのかと考えると、それも違和感がある。本命の恋人ならばそれこそ、もっと明るい様子になって当たり前だった。

セフレでもなく、本命でもない。

ならば、いったい石津博之という男と慎哉は、どういう関係なのだ。

貴俊はテーブルに置いた缶ビールを、グイと呷った。自分が出すぎた行動に出ていることはわかっていた。

けれど、胸がもやもやして、苛《いら》つく。そもそも、自分と慎哉はこんなふうに感じる筋合いなどない関係なのに、である。

——俺だって、あいつのただのセフレの一人なんだから……。

貴俊はテーブルに、調査書を放り投げる。素行調査依頼などできた自分に、半ば呆れてもいた。明らかにやりすぎた。

だが、無視できない。あんな顔をして男に従っていた慎哉を、どうしても頭から消せない。

自分がいったいなにに苛立っているのかわからず、貴俊は髪をかきまぜた。

「くそっ……！　ああもう……なにやってるんだよ、俺は」

慎哉がどういう私生活を送っていようと、自分には関係ないではないか。

貴俊は爪を噛んだ。気持ちいいことだけを楽しむ、ドライな関係しかない自分たちには、どうでもいい話だ。慎哉がどれだけ、この男のためにつらい思いをしていようが、貴俊とは無関係だった。

もしかしたら、この男とのつらさを癒すために、慎哉は貴俊を始めとしたセフレたちと関係を持っていたのかもしれないではないか。

つらい恋の気晴らしという可能性だってある。

どちらにしろ、これは慎哉の問題であって、貴俊の問題ではない。

「……そうだ。俺には関係ない」

再びビールを呷って、貴俊は自分に言い聞かせた。


入り口の券売機で購入したチケットを提示し、流れに乗ってトレイを受け取る。

久しぶりに、貴俊は社内の食堂で昼食を摂っていた。

本音を言えば、安い上にボリュームもある社員食堂で、毎回昼食のお世話になりたいくらいだ。

しかし、外回りが多い営業職で、それを望むのは難しい。

——やれやれ、貴重な充実したランチだ。

心中でぼやきながら、貴俊は箸を取った。海老フライにミンチカツ、キャベツの千切りにサラダ、おひたし、煮物、豆腐の味噌汁、そして、ご飯のA定食だ。

特に、野菜類が充実しているのが嬉しい。外ではもっぱら安い蕎麦《そば》やうどんのセットがほとんどだったから、さすがに身体が野菜を求めていた。

——学生の頃にはとにかく肉ばっかり食いたかったんだがなぁ。

やはり食事のバランスがあまりに崩れると、身体のほうで必要な素材を求めるようになるのだろうか。そんなことを考えながら、貴俊はおひたしを口に運ぶ。

その目が、入口の男を捉えた。慎哉だ。

——そっか、あいつは財務部だから、毎食ここでランチを食べられるんだな。

羨ましいと思いながら、なんとなく彼を目で追いかける。職場での慎哉は、夜の淫蕩さとは打って変わって、ストイックで生真面目な印象の男だった。

端正だが、色気とは無縁だ。

——まあたしかに、あんな色っぽい雰囲気、職場で出すわけにはいかないか。

同僚と一緒なのか、隣に並ぶ男となにか談笑している。経理畑らしい生真面目さと、穏やかさが感じられる微笑みだった。

穏やかどころか、バーで男を誘惑するような人間なのに。

この中で、慎哉の夜の顔を知っている人間はどれくらいいるのだろうか。

あるいは、知っているのは貴俊だけなのかもしれない。

──隣にいるあいつはどうだろう……。

屈託なくなにか話している慎哉の同僚らしき男を見つめる。男は、なにも知らぬげに笑っている。彼を誘惑したことはないのだろうか。貴俊に誘いかけた時のように──。

いいや、たとえ彼を誘わなかったとしても、慎哉はいったいどれくらいの男を誘惑してきたのか。

腹の底がもやもやした。

会社での顔、夜の顔、そして、あの男に見せる顔。

いったい、どの慎哉が本物なのか。

むかっ腹が立ち、貴俊は携帯端末を取り出すと、メールを打つ。

送信すると、トレイを持って席に着く慎哉を窺《うかが》う。しばらくして、彼が携帯端末を取り出した。貴俊からのメールを確認して、眉を寄せる。

自分の誘いを迷惑に感じたのだろうか。

ますます腹が立った。そもそも貴俊をこの関係に引きずり込んだのは慎哉であったくせに。

なにか返事を打ち、慎哉が送信する。

少し間を開けて、貴俊の携帯端末が振動する。慎哉からのメールだ。

中を開いて、貴俊は小馬鹿にしたように唇の端を歪《ゆが》めた。『今夜八時、いつものバーで』と、メールには打たれていた。

あんな顔をしても、やっぱり貴俊の誘いには乗るではないか。

——ふん……。

すかした優等生のような顔をしていても、慎哉の本質はビッチだ。誰にでも足を開いて、男を咥え込む淫売だった。

ビッチはビッチらしく、遊んでやればいい。

——メチャクチャに抱いてやる。

苛立ちながら、貴俊は定食をかき込んだ。


なんとか残業を片付け、貴俊は約束のバーに駆けつけた。

自分から誘ったとはいえ、仕事の予定も考えずにメールを打ってしまったツケはきつかった。接待が入っていなかったのだけが救いだ。

入り口で呼吸を整え、貴俊は自嘲する。

「……なにやってるんだ、俺は」

ただのセフレに心までかき乱されるなんて、馬鹿だった。慎哉のような男を相手に、頭に血を上《のぼ》らせてどうする。

再度、貴俊は自分に言い聞かせる。

――慎哉はセフレだ。あいつと俺は、単に快楽を共有するだけの間柄だ。気持ちいいことだけでいい……。

断じて、恋人とは違う。感情的に深入りはしない。

そう心中できっぱりと断言して、貴俊はバーに入った。

すでに来ていた様子の慎哉が、カウンターでカクテルを口にしている。どこかもの思わしげに視線を落としていた。

なにを考えているのだろう。もしや、あの男のことだろうか。

ジリジリと、胸が焼けた。

いいや、ダメだ。慎哉にどんな男がいようとも、貴俊が妬く筋合いではない。

唇を引き結んで、貴俊は慎哉に歩み寄る。

「――待たせたか？」

耳元で低く囁くと、慎哉はまったく気づいていなかったのか、ビクリと肩を震わせた。

「あ……久保田、いつの間にいたんだよ。驚いた」

隣のスツールに腰かけて、貴俊はわざと訊いてやる。

「なにか考え込んでいたな。どうした？」

「いや……なんでもない。おまえが遅いから、ぼんやりしていただけだ」

慎哉はそう言って、すぐに微笑みを浮かべる。いつもの、どこか男を誘うような微笑だった。

その目元に、貴俊はそっと触れた。

「社内では、えらくストイックな雰囲気なんだな」

「え？」

「今日、社食で見た。珍しく、社内にいたんだよ、俺」

余裕を見せたくて、貴俊もニヤリと笑いながら、慎哉の前髪を軽く指で玩《もてあそ》んだ。

慎哉もフッと微笑んだ。

「そうだったのか。地味にしているだけなんだが、そう見えたか？」

「見えた。ストイックで真面目そうで、とても夜な夜な男漁《あさ》りしているようには見えなかったな。意識してそうしているのか？」

「そりゃあな。こういうの、世間じゃやっぱりダメだろ。オレも職を失いたくはないし」

「へぇ……」

そう返しながら、貴俊は自分の分をバーテンダーに注文する。一杯飲んだら、いつものホテルに行こう、そう思っていた。

しかし、口が勝手に動いてしまう。

「上原って、いくつ顔があるんだろうな」

「ん……？　顔って、なんだ？　会社で真面目にやるのは、別に普通だろ」

「寝る相手に見せる顔は、また違うってわけだ」

「……なんだよ。なんかイヤな言い方だな、久保田」

慎哉が不審そうに、貴俊を見やる。

貴俊は奥歯を噛みしめた。なにをやっているんだ、と思った。慎哉に絡んだところで、意味がない。

自分たちは最初から、割り切った関係だった。

黙り込んだところで、バーテンダーが注文の品を差し出してくる。

それを、貴俊は一気に呷った。

「久保田？」

眉をひそめる慎哉の手首を、乱暴に掴む。

「――行こうぜ。どうせやることは一緒なんだから、いちいち手順を踏むことはないだろ」

「ちょっ……久保田」

慎哉は声を上げるが、それを無視して貴俊は二人分の代金を払うと、バーをあとにする。

そのまま無言で、いつも利用しているシティホテルに向かった。昼間のうちに予約をしておいた部屋にチェックインし、エレベーターに乗る。

「久保田、どうしたんだよ」

箱の中は他に客がいないからか、慎哉が訊いてくる。

訊かれなくても、今夜の自分がおかしいことはわかっていた。

貴俊はジロリと、隣に立つ慎哉を見下ろした。百八十センチ強の貴俊と比べると、慎哉はわずかに低い。その繊細な面差しを見ているうちに、また苛立ちが募ってくる。

「……くそっ」

口をついた罵声に、慎哉が眉をひそめた。しかし、その口調は心配そうだ。

「なにかあったのか、久保田。もしかして、例の振られた彼女から連絡でもあったのか？」

「彼女……？　ああ、紗枝か。いや、違う」

髪をかき上げながら、否定する。言われて初めて、紗枝のことをもうずいぶん考えていなかったことに気づいた。振られた時にはあれだけショックであったのに。

自分は多情な男であったのだろうか。

考え込みかけた時、エレベーターが停止した。

貴俊は慎哉とともに、エレベーターを降りる。その腕に、スルリと慎哉が腕を絡ませてきた。

「よかった。彼女から復縁でも持ちかけられて、オレと切れたいと言われるかと思った」

ふふふと笑って、貴俊を見上げてくる。誘いかける瞳は、蠱惑《こわく》的だった。

「久保田のセックス、気に入ってるからさ」

「気に入ってるって……。どうせ、他にも男はいくらでもいるんだろうが」

吐き捨てながら、貴俊は部屋の鍵を開けた。

中に入ると、慎哉が首に両腕を回してくる。チュッとキスをして、囁かれた。

「なんだよ。他の男に妬いてるのか？　案外、可愛いところがあるんだな、久保田は」

揶揄するような口調に、貴俊はいけないと思いつつカッとなった。

「ただのセフレに、誰が妬くか！　セフレばかりじゃないだろう、おまえの男は」

「……なにを言っている？」

慎哉は意味がわからないようで、眉をひそめて貴俊に訊いてくる。

貴俊はしまったと臍《ほぞ》を噛んだ。こんなふうに切り出したりするつもりはなかったのに、これでは藪《やぶ》蛇《へび》だ。

しかし、一度ほのめかした言葉を取り消すことはできなかった。

仕方なく、貴俊は石津の存在を慎哉に告げる。

「男が……いるだろう？　オレみたいなセフレとは違う男が。石津って奴……」

口にした瞬間、慎哉の顔色が変わった。からかうような色が失せ、信じられないと貴俊を睨む。

「――なに、石津って……。まさか、オレの身辺を調べたのか。嘘《うそ》だろう？　たかがセフレのくせに、まるで恋人気取りじゃないか」

「恋人気取りって、別にそういうわけじゃ……。俺はただ！」

案の定怒りだした慎哉に、貴俊はなんとか言い訳しようとする。

自分は、セフレとしてのルール違反をしようと思ったわけではない。ただ慎哉の様子が心配で、調べずにはいられなかっただけだ。男の異様な態度も気になっていた。

だが、それを慎哉は遮《さえぎ》る。

「悪いが、恋人ごっこがしたいなら、他の相手を見つけてくれ。真面目な付き合いはごめんだ」

貴俊を押しやって、出ていこうとする。とっさに、貴俊は慎哉の腕を摑んだ。

「待てよ、上原！　別に、おまえと真剣な交際がしたくて、調べたわけじゃない。ただおまえが……！

おまえが、どう見てもセフレとは思えない男と車にいたから」

「はぁ？　別の男と車にいたくらいで、おまえは調べたりするんだ。うざい男だな。それのどこが、恋人ごっこと違うんだ。……放せっ！」

強く、慎哉が貴俊の胸を押す。本気でイヤがる動きに、貴俊はますますカッとなった。

だいたい、遊びでしか寝ないと言うのなら、例の男はいったいなんなのだ。明らかに、貴俊に対するのとは態度が違っていたではないか。

「あんなにイヤがっていたのに、セフレだって言うのか！　抵抗して、イヤがって、つらそうに命令を聞いていたじゃないか！　いくら夜とはいえ、あんなところで自慰なんて……」

口にした瞬間、慎哉の頬がカアッと紅潮した。喘ぐように口が開閉し、掴んだ手首が震えた。

「自慰って……おまえ、いつのを見たんだよ……」

「二週間と少し前。おまえが、通勤用のＩＣカードを忘れていった日があっただろう。あの時だ。急いで追いかけたら、車の中でおまえが……」

紅潮していた頬が、今度は青褪める。大きく見開いた目は愕然と、貴俊を見つめていた。

やはり、ただのセフレではなかったのだ。確信して、貴俊は再び口を開いた。

「あの男は……違うんだろう？　俺みたいなセフレとは」

「……………おまえには、関係ない」

慎哉は顔を背ける。引き結ばれた口元が、それだけ慎哉の深刻さを表していた。よほどにワケありの相手なのだ。

内心で、やめろと止める声がする。しかし、それを無視して、貴俊は慎哉を問いつめた。

「あいつがおまえの……本命なのか？」

「……違う」

否定は、押し殺された声だった。

「それじゃあいったいなんなんだ、あの男は。セフレとも違うんだろう？　本命でもなく、セフレでもないなら、おまえはどうしてあんな男の言いなりになっているんだ、上原」

「…………それを知って、どうなるというんだ。おまえはオレにとってただのセフレで、それ以上でも以下でもない。オレの事情に関わるな。だいたい……そんなことを知らなくても、おまえだって充分、オレと楽しい思いをしただろう？」

そう言うと、慎哉は淫靡に微笑んで、貴俊の下腹部に触れてきた。やさしく触れて、包み込む。

「やめろ……」

「マジになんかならずに、オレと楽しめばいいんだ。――ここ、しゃぶってやろうか？　オレにしゃぶられるの、好きだろう。女なんかより、イイところがずうっとよくわかるからな、ふふふ」

笑いながら、慎哉が貴俊の前に膝をついた。触れていた下腹部に、誘うように頬を寄せてくる。

恥ずかしいことに、スラックス越しの刺激にそこは反応し始めていた。

「熱くなってきているな。すっかり……男にしゃぶられる味に慣れたみたいじゃないか、久保田」

嘲《あざけ》り、慎哉がスラックスの前を寛げようと、ベルトに手を伸ばしてきた。

貴俊はそれを跳ね飛ばす。

「やめろと言っているだろう！」

慎哉が床に転がる。しかし、彼は怒らなかった。それどころか、クスクスと笑っている。

「いいね、そういうの。なあ、久保田、オレがどうして、イヤがりながら逃げなかったんだと思う」

訊きながら、ゆっくりと立ち上がる。貴俊の手を引いて、ベッドへと誘《いざな》った。

スーツのジャケットを脱ぎ捨てて、ネクタイを解く。

ワイシャツの下は、なにも着ていなかった。

それも脱ぎ捨てて、貴俊の手を再び取ってくる。両手を。

それを自身の首に宛てがった。

「なあ、こうして首を絞めながらするのって、すごく感じるって知っていたか？　犯されながら首を絞められるって、最高なんだぜ。――今夜、やってみよ？」

「なに……言っている、上原……」

貴俊は困惑した。慎哉がなにを要求しているのか、にわかには理解できなかった。

「おまえ……おかしいよ……。セックスしながら首を絞めるだなんて……そんなの、普通じゃない」

「普通じゃないって、ははは。普通じゃないなんて、そもそも男同士でセックスするのが普通じゃないだろ。男の尻にペニスを挿れるなんて、どこが普通だよ。首絞めを付け足すくらい、なんでもないだろ」

自身の首を摑ませたまま、慎哉がベッドに倒れ込む。

「……わっ」

一緒に倒れ込んだ貴俊に、慎哉は笑いながら「しよう」と誘った。

「メチャクチャなセックス、しよ。オレのこと殴っても、辱《はずかし》めてもいいから、頭が真っ白になってなにもわからなくなるようなすごいセックス、しよ。——あの人はね、オレの首絞めながら、後ろガンガン突いてくれるんだよ。息が苦しくて、死にそうで……でも、すごくイイ。だから……やって？　おまえがそんなにあいつが気になるなら、あいつと同じように、オレをメチャクチャにしなよ。犯して、首絞めて、ギリギリの天国を味わおうぜ、久保田」

「おまえ……本当にそんなセックス……」

貴俊は呆然としていた。慎哉がどこかおかしいことは感じていた。同性と複数のセフレ関係を結ぶなんて、そもそもある程度おかしくなければ誰がやる。

けれど、まさかここまでとは——。

ついていけない。こんな男に、ついていけるわけがない。

「……冗談じゃない。そんな真似、できるわけがないだろう！」

慎哉を振り払い、貴俊はベッドから下りる。

それを、慎哉は小馬鹿にしたように見上げていた。

「ふぅん……結局、その程度の覚悟だったんだ。そんな半端な気持ちで、オレのこと調べたんだ。馬鹿だなぁ。楽しいだけのセフレでいればいいじゃないか、だろ？」

髪をかき上げ、鼻で笑う。

貴俊は拳を握りしめた。

「おまえ……よけいな詮索したことで怒って、俺をからかったのか」

「からかった？　とんでもない。おまえの覚悟のほどを確かめただけだ。とことん付き合う気がないんだったら、楽しいところだけでやめておけ。突っ込んで、身体を弄《いじ》り回す程度で満足できるなら、それ以上の繋がりをオレと持とうなんて考えるな。オレが欲しいのはセフレであって、恋人じゃない。

——理解できたなら、やるか？　おまえに突っ込まれるの、嫌いじゃないからな、ふふふ」

慎哉が含み笑いながら、ベルトを外し出す。スラックスの前を寛げ始めたところで、貴俊にはもう限界だった。

「おまえ………本当にニンフォマニアだったんだな。そんなのに……付き合い切れるか……！」

罵声を浴びせ、踵《きびす》を返す。これ以上、慎哉のそばにいたくなかった。身体だけの関係だと理解して始めたことではあったが、耐え切れない。

貴俊の頭の中はグチャグチャだった。なぜ、セフレのままにしておかなかったのか。どうして、慎哉の事情などを調べてしまったのか。

わかっているのは、自分が恐ろしく馬鹿なことをしてしまったということだけだった。

「ははは、気が向いたらまた声をかけろよ。セックスのみなら、オレはいつでもＯＫだよ」

逃げ出す貴俊に慎哉がかける言葉は、軽い。

貴俊は答えもせず、ドアを開けた。

この三ヶ月あまり、自分はどうかしていたとしか思えない。紗枝に振られて、ショックで混乱していたのだ。

——あんな奴に、これ以上付き合えるか！

乱暴にドアを閉めて、貴俊はホテルから——慎哉から逃げ出した。

§第三章

「さよなら、はは……」

乾いた声で、慎哉は去っていく貴俊を送り出した。

走り出す気配はすぐに消えて、室内はシンと静まり返る。

半裸の状態で、慎哉は虚ろに天井を見上げていた。その目には、なにも映ってはいなかった。

「あーあ、失敗した……。同じ女と六年も付き合うような真面目な奴だから、切れさせればきっとオレをメチャクチャにしてくれると思ったんだけどなぁ……」

怒りのままに本当に首を絞めてくれても、自分の自堕落な私生活を会社にばらしてくれても、どちらでもかまわない。

誰かに、今の自分を壊してもらえるならば――。

同じ会社の人間と知って声をかけたのも、そのためだった。誘われたことで慎哉に嫌悪を抱き、悪い噂《うわさ》を流してくれてもよかったし、とにかく同じ会社の男と関係を持つことで、なんらかの不測の事態を引き起こしてくれるのではないかと期待したのだ。

慎哉は自分をメチャクチャに壊してしまいたかった。

けれど、まさか貴俊にあの男との逢瀬を見られた上、調べられるとは思ってもいなかった。調べるより先に、まずは慎哉に怒りを覚えて、問いつめたりしないか？

あるいは、怒りに駆られて殴りかかってきたり。

つくづく、他人を思い通りに動かすのは難しい。

「……また別の男を引っかけるか」

淡々と口にしながら、起き上がる。セックスをしないのなら、この部屋にいるのは無駄だった。

あんなことを調べるなんて、貴俊もどういうつもりだ。

「セフレ相手に……まるで本物の恋人への嫉妬めいた行動じゃないか、ふふふ」

独り言を呟く様は、他者に見られたとしたらきっとおかしく見えるだろう。

けれど、もうずっと前から、慎哉は一人でいる時になんでも口に出して喋《しゃべ》る癖がついていた。

それがなぜなのか、考えようとも思わない。

なんとなく、それが自分なりのバランスの取り方なのだろうと思っている程度だ。

次から次へとセフレを作るのも、そのバランスのひとつだ。自分で選んで、あえて男に抱かれているのだと思うことが、慎哉には重要だった。

脱ぎ捨てたワイシャツやネクタイを拾い上げて、身じまいをする。今夜は貴俊と寝るつもりでいたから、なんとなく身体がうずうずしていた。

どこかで適当な男でも引っかけてこようか。

貴俊にはちょっとした予定があったから継続して抱かせていたが、慎哉の性生活の基本はナンパだ。いわゆるその手の店で気の向いた男を引っかけて、一夜限りの関係を結ぶ。その数が多ければ多いほど、慎哉の心を安定させた。

それは――。

プルル、と携帯端末が鳴った。その音に、ビクリとなる。着信音で、相手が誰なのかわかっていたからだ。

表情が一気に沈んだ。

「――はい、なんでしょう」

暗い声で、慎哉はその電話に出た。

「はい……はい……ええ、大丈夫です……では、今から伺います」

短く返答して、電話を切る。瞳は暗く、沈んでいた。

重い足取りで、慎哉はホテルの部屋を出る。それは逃れられない、慎哉の義務であった。


ホテルからタクシーに乗り、慎哉は目的のマンションで降りた。

もう暗記している暗証番号を押して、中に入る。最上階が向かうべき部屋だった。

インターフォンを押すと、すぐにドアが開く。目の前に、二週間前のあの夜、貴俊が見た男が立っていた。

ゆるくウエーブした髪、洗練された物腰、余裕を感じさせる態度。医師として彼と相対した時、たいていの患者は安心感を覚えるだろう包容力を感じさせる男だった。

けれど、今、その目は蔑《さげす》みに彩られて、慎哉を見下ろしている。

「早かったな。入れ」

顎で示され、慎哉は無言で中に入る。ドアが閉まるとすぐに、後ろから抱き竦められた。

「どこにいた？　おまえのアパートではないだろう」

かかった時間からそう推測されて、訊ねられる。

短く、慎哉は答えた。

「……Gホテルから」

「ホテル？　また男を引っ張り込んでいたのか、淫売め」

嘲りに、胸が軋《きし》んだ。彼——石津博之は常に、慎哉を傷つけることをやめない。

だが、誰のせいでこんな惨めな身体になったのか。慎哉はつい言い返してしまう。

「よく言うな。あんただってこの身体で性欲処理をするんだから、同じだろうが」

だが、言い放ったとたん身体をひっくり返され、容赦なく頬を叩《はた》かれた。

慎哉は玄関に倒れ伏す。口の中が切れたのか、血の味がした。

「おまえがわたしに反抗できる立場なのか？　誰にでも足を開く淫売のくせに。来い」

無理矢理腕を摑まれ、引っ張り上げられる。

足をもつれさせながら靴を脱ぎ、慎哉は引きずられていった。廊下を通り抜けて、寝室に連れ込まれる。そのままベッドの上に、突き飛ばされた。

「あっ……！」

「さっさと服を脱げ、淫売。それが終わったら、わかっているな？」

そう言うと、博之はドサリと、室内のソファに腰を下ろす。ゆったりと脚を組んで、ベッドの上の慎哉のストリップショーを楽しむ眼差しだった。

慎哉は唇を嚙みしめた。貴俊にはああ言ったが、本心を言えばここには来たくなかった。博之と関係を持つのも、本意ではない。

だが、慎哉に拒否権はなかった。自分にそれは許されていない。

のろのろと起き上がり、スーツの上衣を脱ぐ。

それを床に落として、次はネクタイを弛めた。ワイシャツを脱ぎ捨て、ベルトを外す。スラックス、下着、靴下と、慎哉はできるだけ無表情に、脱いでいった。

灯りが点いた寝室に、慎哉の白い裸身がさらけ出される。

「ふん……相変わらず、いろいろな男に可愛がられているようじゃないか」

冷淡な眼差しだった。理知的な面差しはいかにも医師らしいが、今はそれに冷ややかさが加わっている。

患者の前ではもっとやさしげに微笑んでいるのに、慎哉にそんな顔を見せることはまずなかった。

博之が慎哉を抱くのも、愛情からではない。むしろ憎しみが、慎哉と博之を繋いでいる。

慎哉が歩み寄ると、博之が組んでいた足を広げる。その間に、慎哉は膝をついた。

「ホテルの男はどうした。一度は抱かれたあとか？」

「……まだなにもしていない。その前にあんたの電話が来たから、帰ってもらった」

適当に嘘を言っておく。やっていないことは本当だったから、よけいなことを言って、突っ込まれるのはごめんだった。

博之のベルトを外し、スラックスの前を寛げていく。下着から取り出したそれは、半ば興奮し始めていた。

憎い男相手にも欲情する博之も、たいがいだ。そう思いながら、男のモノを咥えていく。

「……ん」

鼻から吐息が洩れる。もう何度咥えたかわからない男性器だった。慎哉に男に抱かれることを教えたのも、口を使って男のモノを愛撫することを教えたのも、この男だった。なにもかも、彼に調教されたのだ。

根元まで咥えて、慎哉は博之の雄芯に舌を絡めてしゃぶる。時折頭を動かして、唇と舌でその逞《たくま》しい男根を扱いた。

「ん……ん……ん、ふ」

「すっかり、男の性器が好きになったな、慎哉。美味そうに咥えて……」

博之がいつものように、慎哉を嘲る。けれど、博之の指摘通り、性器を咥えた口内は熱かった。いつから、男のモノを口にすることで、身体が熱くなるようになったのだろう。

一心に博之に奉仕しながら、慎哉は考える。

最初は、嫌悪と恐怖しかない行為だった。無理矢理に引き裂かれ、身体を使われ、犯された。けれど、時間をかけて馴らされていくうち、肉体のほうが変化していった。性器へ刺激されながらでしか感じなかったのが、キスや、肌をそっと触れられるのにジンとした疼《うず》きを覚えてきて、そのうち、身体のあちこちが敏感になっていった。二の腕、腰骨、足の付け根、指、そして乳首――。

本来生殖器官でない後孔も、抱かれるたびに指や潤滑剤で蕩かされ、開かれていくうちに、それも快感だと思うようになった。

十年経った今は、口に雄を咥えることで悦楽を覚える。熱い男根に口腔の粘膜を刺激されるのが、たまらなかった。

「ん、ん……ふ」

唾液を絡めて怒張を吸い上げ、時に口から出してキスをし、先端に滲《にじ》み出した樹液を啜り、頬ずりをする。熱かった。身体中が蹂躙《じゅうりん》を期待して、熱かった。

こんなではなかった。自分は、同性と寝るような男ではなかった。むしろそれを嫌悪する側だった。けれど今は、雄を舐めしゃぶるだけで、欲情する牝《めす》になり下がっている。

「ふふ……まったくいい身体になったものだ。不本意な男のモノでも、しゃぶるだけでそんなふうになるのだからな。ペニスをしゃぶるのが、そんなにいいか、ん？」

「あぅ……っ」

無造作に股間を踏まれ、慎哉は悲鳴を上げる。しかし、その程度のいたぶられ方で萎えるような身体ではない。絶妙な力加減で性器を足で刺激されて、呼吸が上擦る。

「ぁ……あぁ……」

「まったく……いやらしい男だな。そんなに男に抱かれるのが好きか、慎哉」

博之の怒張を握ったまま、慎哉は唇を噛みしめ、答えなかった。好きではないと言えば身体の反応を笑われるし、好きだと言えば己の心が軋む。

代わりに、博之の怒張を再び口内に迎え入れた。口淫に、それはすっかり形を変えて、いきり立っている。

「ふん……」

博之が鼻を鳴らした。だが、慎哉を苛《いじ》めるネタはまだいくらでもある。

髪を摑み、命令してきた。

「おい、出してやるから、全部飲めよ」

「……う」

充溢した男根を咥えたまま、慎哉は上目遣いで博之を見上げた。

口いっぱいに雄を咥えたまま見上げてくる姿に欲情したのだろう。博之が小さく喉を鳴らす。ドクリ、と口の中で怒張が膨張した。

慎哉は目を伏せ、一心に唇で男根を扱く。吸って、舐めて、窄めた唇で幹を擦り上げて――。

そして、深く咥えたところで、それが爆発した。

「………んん、んぅっ……ぅ」

勢いよく、熱い樹液が喉の奥に迸った。青臭い味が、口内に広がる。

だが、それを嚥下《えんげ》することも、この十年で覚えさせられたもののひとつだった。

目を閉じて飲み込み、すべて嚥下した証に、最後に口を大きく開いてみせる。

「ふん、精液なんてよく飲めるな」

飲めと言ってきたくせに、そんなことを言う。慎哉は恥辱を押し隠し、目を伏せた。逆らうことはとうに無駄だとわかっていた。

博之は慎哉を辱めたいのだ。そして、慎哉は辱められることで罰を受けている。

永遠に終わることのない贖罪《しょくざい》だった。

続いて、ベッドに上がれと命令してくる。裸身のまま立ち上がると、下腹部では恥ずかしい性器が勃ち上がっていて、軽蔑の眼差しを向けられた。

——そうだ……オレは恥ずかしい淫売だ。

心はイヤだと思っているなんて言い訳にしかならない。現にこうして性器を勃たせていては、説得力の欠片もなかった。すっかり、自分は男とのセックスで欲情する身体に変わっているのだ。

それも、抱かれる側で。

頬を羞恥《しゅうち》に染めながら、慎哉はベッドに乗った。

続いて、尻を博之に向けて、四つん這いになるよう言われる。

「挿入してもらえるよう、準備しろ」

どうやら、今夜の博之は嗜虐《しぎゃく》的な気分らしい。

快感を与えるように丁寧に抱かれるよりはマシだと思いながら、慎哉は己の指を口に含んだ。

たっぷりと唾液を絡ませてから、後孔に指を伸ばす。

焼けるような視線が、背後から注がれている。

博之がじっと見つめる中、慎哉は己の蕾に唾液で濡れた指を擦りつけた。円を描くように刺激し、やがて口を開き始めたそこに指先を挿れる。

「……ぁ」

気持ちがいいと、なぜ感じるのだろう。屈辱的な行為なのに、指先を咥えた肉襞がジンと疼くのは、どうしてなのだ。

だが、これは慎哉に与えられた罰だった。博之の意に従うことが、贖罪だった。

「ん……ん、ぅ」

小さく呻きながら、慎哉は自身の後孔を指で開いていった。やさしく前後させながら、少しずつ根元まで咥えさせ、それを何度も繰り返す。

いやらしい肛壁を擦り上げるごとに、前方から蜜が滴った。キュン、と肉襞が指を締めつける。

気持ちがいい。こんなことが、気持ちがよくてならない。

蜜が充分滴ると、指を引き抜き、その蜜を指に絡める。数本に塗りつけてから、また淫らなショーの再開だった。

次は二本の指を、後孔に沈める。二本になると、ぐっと襞が開かれる感覚がして、慎哉の眉が切なげにひそめられた。

「あぁ……」

「自分で尻を開くのが、そんなにイイか」

嘲るように、博之に訊かれた。

慎哉は答えない。だが、無言でいると、博之が立ち上がり、歩み寄ってくる。

髪をひどく摑まれた。上向かされ、覆いかぶさるように背後から耳元に再度訊ねられる。

「自分で尻の穴を広げるのが、そんなに気持ちいいか、慎哉」

慎哉は虚ろに目を開いた。これは罰。罰だから、答えるのも義務なのだ。

そう自分を励まし、屈辱的な台詞を口にする。

「気持ち……いい……。オレは……尻で感じる……淫乱です……」

慎哉の答えに、博之は満足したようだった。

「最初からそうやって、素直に答えればいいんだ。——褒美をやろう」

髪を離され、慎哉はベッドに突っ伏した。

背後から、カチャカチャとベルトを抜く音がした。続いて、着衣を脱ぎ捨てる衣擦れの音が。

そうして、ギシリとベッドが沈んだ。裸体となった博之が上がってきたのだ。

まずは、慎哉の前方に。そして再び、髪を乱暴に摑まれた。

「咥えろ。準備が整い次第、おまえのいやらしい孔に挿れてやる。この太いモノが欲しいだろう?」

慎哉はじっと、再び硬くなり出している博之の怒張を見つめた。涙が滲みかけたが、グッとこらえる。

慎哉を初めて犯した欲望。

抱かれるための身体だと思い知らせてきた雄。

赦しは、永遠に与えられない。

「…………はい、オレのいやらしい身体を犯してください」

そう言って、慎哉は大きく口を開いた。熱い雄に、口腔を使われる。

その間にも指で、グチグチと自らの後孔を柔らかくしていった。

すっかり勃ち上がると、口から怒張を引き抜かれる。

後孔から指を抜き、慎哉は身体の向きを変えた。尻を博之に差し出す。

指で開かれていた後孔はパクパクと口を開いて、塞ぐものを求める。

「ふ……すっかり女だな。おまえのここは」

「ぁ……あぁぁ――……っ！」

グチュ、と濡れた音を立てて、後孔を犯されていく。充溢した怒張が容赦なく肉襞を貫き、博之と慎哉はひと息に繋がった。

勝手すぎる挿入だ。けれど、そんな乱暴さにも慎哉の肉奥は昂り、果実は腹につくほどに反り返っ

て、悦びを表す。淡い色をした乳首は紅を濃くし、ツンと尖っていた。

「――気持ちがいいか？」

背後から覆いかぶさり、乳首を捻《ひね》られる。ツキンとした痛みが、快感だった。

引き絞られた柔襞がペニス全体に絡みついて、慎哉をさらに切なくさせる。

熱い雄。それを身体の内側で感じるのが、たまらなく慎哉を興奮させる。

犯されている。男に犯されている。抱かれている。女にされている。

感じて、いる。

「気持ち……いい……あ、あ……っ」

蕩け切った喘ぎが、慎哉の唇から零れ出した。

ゆっくりと充溢が動き始めて、甘い悲鳴を上げる。ジンジンする。熟《う》れた肛壁を擦り上げられるのがたまらない。強引な抽挿に抉られる襞が戦慄いて、慎哉をさらに昂らせる。

その前方からはトロトロと蜜が滴っていた。後ろからの刺激だけで、前は充分震えるほどに感じている。気持ちがよすぎて、勝手に腰が抽挿に縋るように揺れ出す。

押し潰すように苛められる乳首からも、どうしようもない快感が広がっていた。摘まれて、クリクリと転がすように捏ねられて、乳首が甘く疼いた。気持ちがよくて、どうしようもない。

こんな自分は立派な淫売だった。男のくせに、男に抱かれて感じる牝犬だ。

「いい……いい……中、抉られるの……気持ちいい……あぁっ……ち、乳首も……あ、いぃ……」

箍《たが》が外れたように、慎哉は淫らな悦びを口にした。身体も心も、すべて汚れてしまえばいいと思った。自分は恥ずべき淫売なのだから。

いつも、博之はこうして、慎哉を快感でメチャクチャにする。抱かれることが悦びだと、何度でも知らしめる。

それは懲罰だった。懲罰だから、最後には苦しめられる。快感だけでは終わらせてくれない。

最高に慎哉が昂った時、博之が背後の枕元からなにかを取り出した。小刻みに慎哉を突き上げながら、その眼前に取り出したなにかを突きつけてくる。

「――目を開けろ、慎哉。勘違いするなよ。今おまえを抱いているのは、わたしではない。友之《ともゆき》だ。友之に抱かれていると思って、イけ。いつもそう言っているだろう？」

「……ひっ」

慎哉の声が裏返る。見開いた目に映っているのは、高校時代の親友と自分。

ニッコリと笑うその顔に、慎哉の耐えていた涙が零れ落ちる。

「あ……あぁ……」

いやだ、友之、見ないでほしい。

けれど、博之は写真を見せつけたまま腰を使い、囁いてくる。

「よく見ろ……おまえを抱いて、気持ちよくしているのは、弟だ。——気持ちがいいだろう、慎哉。愛しているよ。愛している。おまえは……オレのものだ」

「あうっ……あ、あぁぁぁ——……っっ！」

最奥を思い切り突き上げられて、慎哉は絶頂に押し上げられる。

今、自分の後孔を突き上げているのは、友之。

熱い怒張で中を抉っているのは、友之。

犯されている。親友に。この身体を友之にまさぐられ、ひとつに繋がっている。

「やっ……やぁぁぁ——……っ！」

ガクガクと、慎哉の下肢が揺れた。勢いよく蜜を迸らせて、全身が痙攣《けいれん》する。

——イくっ……イくぅ……っ！

親友に犯されながら、慎哉は絶頂に震える。

同時に、きつく収縮した内部に博之が砲身を強く打ち込み、その怒張からも樹液を弾けさせた。

熱い樹液が、最奥まで慎哉を犯していく。

「あ……あぅ……ぅ……」

熱い……熱い、親友の体液。

「うっ……く……！」

低く呻きながら、博之が最後の一滴まで慎哉に欲望のすべてを呑み込ませる。

数度腰を打ちつけて、やがて博之が満足のため息を吐き出した。脱力して、覆いかぶさる。

喘ぎながら、慎哉は啜り泣いた。身体の内も外も、博之にマーキングされている。いや、博之だろうか。

自分を抱いているのは、博之。けれど、思いを遂げているのは、友之。

——赦してくれ……友之……。

今は亡き友に、慎哉は赦《ゆる》しを請う。こんな自分を赦してほしかった。

だが、答えはどこからも返らない。

一生、ここから逃れることはできない。

慎哉は啜り泣きながら、目を閉じた。

自分を抱いているのは、友之。そう自身に言い聞かせながら——。


数度の情交の果て、慎哉は気を失っていた。

それを、博之は冷淡な目で見下ろしていた。彼の中に、慎哉への愛情は欠片もなかった。

だが、手には、盥《たらい》に汲《く》んだ湯で濡らしたタオルを持っている。

汗と精液に塗れた身体を、それで博之は拭いていった。

慎哉はまったく気づかない。

それでよかった。目が覚めているなら、誰がこんなことをするものか。

やさしくしたいと、博之は思わなかった。自分の中にあるのは、彼に対する憎しみのみだった。

けれど、時に虚しくなる。どれだけ身体を繋げたところで、自分は弟ではない。弟はけして、この身体を抱けはしないのだ。

あとどれだけ、こんなことを続けられるのだろう。慎哉はいつ、壊れるのか。

「狂っているな、わたしは……」

自嘲する。けれど、狂っているとわかりながらも、この行為を止めることはできなかった。

弟のために――。

博之はそっと、自失している慎哉の頬を撫でた。

冷たい眼差しに反して、その手は奇妙にやさしかった。

§第四章

あの夜以来、貴俊は慎哉の携帯にメールを送ることをやめていた。

首を絞めろとうっとりと言ってきた彼が、怖かった。

あれは、関わるべき人物ではない。紗枝に振られた件では慰められたが、慰め以上のものを慎哉に求めるのは、危険だった。

もっとも、『慰め以上のもの』がなんであるのか、貴俊にはわからない。考えようとすると危険だと本能が告げてくる。

いずれにしろ、男同士でセックスフレンドだなんて、早晩続けられなくなっていただろう。貴俊の本来の性向は、女性が対象だ。同性ではない。

そう結論づけて、貴俊は慎哉と連絡を取ることをやめていた。

それで困ることはなかった。同じ会社とはいえ、配属されている部署はまったく違う。営業と財務では、ほとんど接触を持つことはなかった。

慎哉のほうからも、連絡はない。たかがセフレのくせによけいなことまで首を突っ込んできた貴俊に、慎哉も呆れたのだろう。

ただの遊び相手だからこそ、面倒なのはごめんに決まっている。だから、これでよかったのだ。

そう言い聞かせ、貴俊は日々を過ごしていた。

「首都高速地下計画かぁ……。まあたしかに、首都高をある程度地下に移動させられたら、都内の景観がだいぶ変わるだろうがなぁ」

「かなりの工事になるでしょうから、うちも一枚嚙めれば相当な利益になるでしょうね」

部署の先輩のぼやきに、貴俊はそうやって応じる。都内の種々のインフラの老朽化を目前にして、様々な建設計画が持ち上がっていた。

貴俊たち環境・インフラ事業部としては、他社に負けられないものばかりだ。

「でもよぉ、地下鉄もガンガン通っているだろ。これで首都高まで地下化したら、東京《とうきょう》の地下って穴だらけになるんじゃないか？　まあ、そこらへんは技術屋さんが考えるんだろうがさ」

「ああ……まあ、そうですよねぇ」

貴俊は苦笑いしながら、エレベーターのボタンを押した。外出から帰社したところだ。

と、少し離れた場所に人の気配を感じて、振り返る。

慎哉だった。書類袋を手に、佇んでいる。だが、視線は少しも貴俊に向けられない。まるで知らない他人のように、無視されていた。

胸の奥が苛立つ。お互いに関係を断ち切って、それで終わりのはずなのに、無視されると腹が立つ。

といって、仮にここで声をかけられたとしても、なんと返していいかわからないだろう。互いに交流のない相手として、無視するのが一番妥当な態度だった。

それがわかっているのに、癇に障る。

きっと、こんなに混乱している貴俊と違い、涼しい顔をしている慎哉に苛立つのだろう。

「そういえば、東都《とうと》電力のほうのプロジェクトはどうなりましたか？」

絶対に気にするものか、と貴俊はしいて朗らかに先輩に話しかけた。

「ああ、あれなぁ――」

会話を交わしながら、下りてきたエレベーターに乗った。後ろから、慎哉も続いて乗ってくる。

「すみません……」

小さく声をかけて、慎哉が脇から財務部のある階のボタンを押してきた。

フワリと、清潔な香りがする。あんな淫らな私生活を送っているくせに、慎哉からは常に、石鹸《せっけん》のような清潔感のある体臭が漂っていたことを思い出す。

『なあ、こうして首を絞めながらするのって、すごく感じるって知っていたか？　犯されながら首を絞められるって、最高なんだぜ。――今夜、やってみよ？』

最後に会った夜の、性質《たち》の悪い誘いが耳に蘇る。

慎哉は上半身は裸の、スラックスだけの恰好で、貴俊の首に腕を回して誘ってきた。

その姿は、同じ男とは思えない、淫らな牝犬そのものだった。

——くそっ……あんなの、忘れてしまえばそれでいいじゃないか。

関わりを持たないようにすれば、なにもかも終わりにできる。慎哉は追い縋ってこなかったし、別れもあっさりしたものだった。

そのままにすればいい。

けれど、眼鏡をかけて、生真面目に印象を変えている社内の慎哉にも、貴俊は欲望をそそられていた。

そう、彼の存在そのものにそそられるのだ。メチャクチャにして、自分だけのものにしたい。今すぐここであの蕩けるような身体を犯して、身も世もなく喘がせたい。

こんなことを考えるなど、異常だった。

自分はそれほどまでに、慎哉の淫らさに囚《とら》われてしまったのだろうか。

愛情のある行為しか知らなかった自分は、どこに行ってしまったのだろう。

チラリと慎哉を見れば、貴俊の内心の葛藤も知らぬげに、無関心な様子を示している。

——チクショウ……ッ。

貴俊のほうはいまだにこんなにも動揺しているというのに、涼しい顔をして素知らぬふうを貫いていられる慎哉に、苛立った。

小さな電子音が響いて、エレベーターが停止し、慎哉が出ていく。

その後ろ姿を、貴俊はひりつくような思いで、見送った。


背中に視線を感じて、慎哉はフッと唇を綻《ほころ》ばせていた。縁は切れたかと思っていたが、そうでもないようだ。

これで暴発して、自分の正常なほうの暮らしをぶち壊してくれたら、もっといいのに。

「はめ撮りの二枚や三枚でも、撮らせておけばよかったかな」

つい呟いてしまい、慎哉は慌てて周囲を見回した。

幸い、人通りはなくホッとする。そんな自分を矛盾していると思ったが、自分で自分を破壊する勇気がないのだから、仕方がない。

男に抱かれて見るからに感じている写真でも撮ってもらい、腹いせにそれを社内にばらまかれたら、きっと自分はもうここにはいられない。

退職したところで噂はついて回るだろうし、自分の表の人生はきっと破壊される。

貴俊がやってはくれないだろうか。

そんな他力本願をしてしまうほど、慎哉は疲弊していた。

博之との十年にわたる関係で、心はすっかり擦り切れていた。

それでも、大学進学も就職も名のあるところに入れたのは、博之に尻を叩かれたためだ。

弟の恋人に相応しい人生を送れと、有名大学、大企業に進めるよう、面倒を見られた。

本当は、自分と同じ医師にしたかったようだが、スプラッタ系はことごとくダメな慎哉に、それは無理だった。最終的には血を見ない科に進むとしても、医学部の実習では避けられない。グループで、半年かけて人体を解剖していくなんて話を聞いたら、どう考えても自分にできる範囲を超えている。

実際、博之から無理矢理彼の実家の病院の手術映像を見させられた慎哉は、情けないことにぶっ倒れてしまった。

その次善の進路が、これだった。

とはいえ、ここまでが慎哉にできる限界だった。指示されたことは真面目にこなしているが、積極性はない。ただ日々をやり過ごしているだけだから、上司からの評価も低いだろう。

当然だった。だが、皆のようにやる気は出ない。野心もなかった。

いっそ死ぬ勇気が持てたらと思うのだが、情けないことに、こんなに心はボロボロなのに、いざとなると身体が震えた。飛び降りることも、ナイフで手首を切ることも、意気地なしの自分にはできなかった。

——笑えるな、ホント……。

慎哉は自嘲する。情けないにもほどがあった。

時々、なんのために自分は生きているのだろうと思う。

贖罪の日々は一生続き、自分が赦される日は来ない。

そんな八方塞がりの人生の、なにが惜しいのだろう。怖いのだろう。

けれど、やはり勇気はなくて、誰かが背中を押してくれる日を夢見ている。

意気地なしの、卑怯な人間だった。

そんな慎哉を、貴俊はまだ気にしてくれていた。わずかにだが、苛立つような目で睨まれた。

もうひと押ししたら、復讐《ふくしゅう》してくれるだろうか。慎哉を、破滅させてくれるだろうか。

——そうしてもらえたら、どれだけ幸せだろう……。

周囲からの蔑みの眼差し、両親の失望。すべての人間関係が破壊されて、慎哉を鞭《むち》打ってくれる。

席に戻って、パソコンを開きながら、慎哉はひっそりと微笑んだ。

報復の手段を与えるために、もう一度、貴俊と寝る機会を作ったほうがいいかもしれない。あんな目で睨むほど慎哉に執着してくれているのなら、もう一度関係を持ち、手懐けたところでその心を掻き毟《むし》れば、その時は今度こそ慎哉に恨みをぶつけてくれるかもしれない。慎哉を憎んで、メチャクチャにしてくれるかもしれない。

数字を打ち込みながら、慎哉は思案する。

はめ撮りをさせてみるのもいいだろう。関係が破局した時には、社内にでも、ネットにでも、それをばらまいてもらえたら、慎哉のまともな人生は自動的に終わる。

強制終了だ。自分では幕引きできない人生を、なんとか終わらせることができるだろう。

素敵だった。

問題は、どうやってもう一度貴俊と接触を持つかだ。普通の誘いでは、きっと彼は乗ってくれない。なんとかして、貴俊をその気にさせなくては。

機械的に仕事をこなしながら、慎哉は方法を考える。

それは久しぶりに、楽しい思案だった。

チャンスは半月後にやってきた。

月次決算のため、月の頭は慎哉にも長い残業の時期がある。

この月、慎哉は同僚の仕事にも積極的に助けを出し、貴俊が退社する頃合いまで上手く残業になるよう調整した。

頃合いを見計らって、仕事を終える。ここのところ貴俊が八時過ぎくらいまで残業をしていることは、調査済みだった。

――さて、上手くいくかな。

念のために、素知らぬふうを装って、貴俊の事業部がある階まで上がる。パーテーションの陰から様子を窺うと、貴俊が自席で大きく伸びをしているのが見えた。

首を回し、凝《こ》りを解している。その肩に同僚らしき男が手を置いて、何事か話しかけた。

そのあと男が出ていくのに、貴俊が軽く手を上げる。どうやら、退社の挨拶《あいさつ》だったらしい。

続いて貴俊がため息をつき、パソコンでなにか操作をするのが見えた。

しばらくして、画面が消える。どうやら、同僚が帰ったのを機に、貴俊も仕事を切り上げることにしたようだ。

慎哉は軽く身を翻《ひるがえ》した。

エレベーターに乗り、一階ロビーに下りる。それから、ふと思いついたようにトイレに立ち寄った。用を済ませてからロビーに出ると、一緒のエレベーターで下りてきた人間は、誰もいなくなっている。家路に向けて、さっさと会社ビルを出たようだ。

これでよしと、慎哉はエレベーターが見える位置のベンチに腰を下ろした。人待ち顔というよりも、物色するような様子で、エレベーターが開くのを待つ。

数回、エレベーターは人を降ろして開閉を繰り返した。

貴俊はまだ来ない。

五、六回ほどやり過ごしてようやく、彼が出てくるのが見えた。
ハッとしたように、ベンチに腰かけている慎哉に貴俊が気づく。すぐに気がつくとは、貴俊がいまだ慎哉を気にしている証拠だった。上々の出足だ。

慎哉はあえて、知らぬ振りをした。そうして、一人の男に目を止める。貴俊にだけわかるように淫蕩な微笑を一瞬だけ見せると、慎哉は立ち上がった。目をつけた男のあとを、追いかける形でつける。

慎哉の眼差し、態度で、貴俊にも慎哉がなにをしようとしているのかわかったのだろう。苦々しい顔でこちらを睨むのが、横目に見えた。

慎哉は内心ほくそ笑みながら、目をつけた男を追って、会社ビルを出た。

貴俊の気配が背後から感じられる。腹を立てて見送るだけにすればいいのに――。

そうしたら、自分のような淫売に利用されずに済むものを。

そう思いながらも、追ってもらえることに慎哉はゾクゾクするような悦びを覚えていた。

その焼けつくような視線を感じながら、慎哉は前を行く男に声をかけようと手を軽く上げかける。

と、その肩を背後から摑まれた。

「――上原！」

開きかけた口を閉じ、慎哉は振り返った。渋い顔をした貴俊が、慎哉を睨んでいた。

涼しい顔をして、慎哉は薄く微笑んだ。

「ああ、久保田。どうしたんだ？　なにか用でもあるのか？」

声をかけようとした男は、自分の後ろでなにが起ころうとしていたのか気づかぬまま、どんどん先に進んでいく。

慎哉は、貴俊に向き直った。貴俊は依然として、険しい様子で慎哉を見下ろしている。

「……今度は、あいつで慰めようと思ったのか？」

しばらくして、押し殺した声でそう訊いてきた。

慎哉はクスリと笑った。貴俊を挑発することになるとわかった上での意味ありげな微笑だった。

「そうだよ。うまく誘えば、今度はオレの首を絞めてくれるかもしれないだろう？　首を絞めて、死ぬようなセックスをしてくるかもしれない……ふふふ」

「死ぬようなって……。久保田、おまえはなにを望んでいるんだ。本気で殺されたいのか？」

強く、手首を掴まれた。驚きと、やり切れなさの混ざった口調に、慎哉は陶然となる。

一人の女と六年間も付き合った男は、やはり誠実らしい。誠実で、真面目で、セフレと念押ししていてもなお、慎哉のような人間にもまともに向き合おうとしてくる。

泣きたくなるくらい馬鹿で、嬉しくなるくらいやさしい男だ。

うっとりと、慎哉は貴俊を仰ぎ見た。

「メチャクチャにしてもらいたいのでなければ、同じ会社の男になんて手は出さないよ。表沙汰になった時、リスクが高すぎるだろう？　――おまえは？　どうして、今さらオレに声をかけた。前にもエレベーターで、オレのことを見ていたよな」

二人だけの夜を思い出させるような眼差しで、慎哉は貴俊を見つめた。そうして、彼の中の雄をそそるように目を細めて笑いかける。

コクリと、貴俊の喉仏が動くのが見えた。魅入られたような眼差しに、慎哉はうっとりする。半月以上が過ぎていても、まだ慎哉に欲情することに満足感を覚えた。

これならいける。再び、貴俊を慎哉のものにすることができる。そうしていつか――。

少しだけ背伸びして、慎哉は彼の耳元に囁いた。

「――おまえも、オレが欲しいんだろう？　オレをメチャクチャにしてくれる？　死ぬほどいいセックス、オレとしよ」

「メチャクチャか……」

呟き、貴俊が拳を握りしめるのが見えた。眼差しが歪み、苦しげに慎哉を見つめる。

――オレを好きになれ。好きになって、憎め。憎んで……オレをメチャクチャに壊せ。

トン、と軽く肩を押された。接近していた身体を離され、慎哉はもっと押さなくてはいけないのかと、貴俊を窺う。

そうはならなかった。慎哉を離した貴俊が、くいと顎をしゃくってくる。

「――行こう。いつものホテルでいいな？」

苦々しい顔だった。慎哉に触れたくなくて、けれど同時に、触れてグチャグチャに混じり合いたいと欲する顔だった。

慎哉は破顔する。手に入れた。ただのセフレよりももっと深く、もっと強く慎哉に執着してくれる雄を手に入れた。

今度は慎重に機会を窺おう。上手くそそのかせば、次こそは慎哉を破滅させてくれるはずだ。きっと破滅してみせる。

慎哉は喜んで、貴俊とともにホテルへと向かった。


さっきまでの痴態などなかったかのようにさらりとした様子で、慎哉がスーツを身に着けていく。

それを、貴俊は気だるい思いで眺めていた。いけないと思っていたのに、こうして再び彼と関係を持ってしまったことにあらためて戸惑いを覚える。

それほどに、別の男に誘いをかけようとした慎哉に、我慢ならなかった。

貴俊は、自分で自分の心がわからなかった。慎哉は普通ではない。男同士で身体を繋げるだけでも世間からしたら異常なことであるのに、慎哉にはどこか暗い破滅への憧れがあった。

そんな慎哉に、自分はついていけないと思ったはずだった。それなのに、今夜再び彼の手を取り、彼の身体を貪ってしまった。首を絞めて、生死の際《きわ》の絶頂を味わわせる代わりに、貴俊の手管を尽くして慎哉を感じさせてやった。

それで慎哉は満足してくれただろうか。

いいや、あっさりと帰り支度をしている様子からはそうは見えない。

なんだかいいように慎哉に使われた気がして、貴俊はつい慎哉の男面をして言ってしまう。

「――帰るのか？　たまには一緒に泊まっていけばいいだろう」

ベッドで横になったまま、誘ってしまう。再び関係を持ったのだから、性欲の発散のようなセックスではなく、もう少し後朝《きぬぎぬ》を楽しむような関係でありたかった。

実際、久しぶりの行為に疲労感がずっしりと、全身に満ちていた。それは慎哉も同じだと思う。

それほど、しばらくぶりの行為は激しかった。今はスーツに包まれているが、慎哉の身体のそちこちに、貴俊のつけたキスマークや嚙みついた痕が残っているはずだ。

貴俊にも、慎哉の嚙み痕、爪を立てた痕が残っている。

首を絞める代わりに、濃厚なセックスに耽った。いつもは野放しにしておいてやるペニスに縛《いまし》めをつけて、射精を徹底的にコントロールしてやった。

グズグズに蕩けて、何度も「イかせて……」と頼んでくる慎哉は可愛くて、いやらしくて、最高だった。

焦らしに焦らした挙げ句、最後に許してやると「死ぬ……死んじゃう……イくぅぅぅ——……っ！」と絶叫して白濁を噴き上げた姿が、いまだ貴俊の脳内に焼きついている。ビクビクと全身を痙攣させながら射精をする慎哉は壮絶に淫らで、色っぽかった。

そう思ってみると、シャワーを浴びて小ざっぱりしたはずの慎哉の顔に心なしか、まだかすかな欲情の匂いが残っている気がする。

そうだ。再び身体を繋げることに同意したのは、貴俊だけではない。慎哉だって、貴俊の手を取ったのだ。一人だけ涼しい顔をしているなんて許せない。

意地悪い気持ちが発して、貴俊はあえて慎哉を挑発するようなことを言う。

「発情した顔をしている。帰りに、男に襲われかねない顔だぞ、上原」

どうせ慎哉のことだから、軽くかわして終わりだろうと貴俊は思っていた。

しかし、思いがけないことに、慎哉の頬がカッと赤く染まった。

「お、女じゃあるまいし、道端でそう簡単に襲われるわけないだろう。馬鹿なことを言うな！」

意外な反応だった。ベッドの上ではあんなに大胆に貴俊を誘うのに、いったいどうしたというのだろう。

赤くなった慎哉は、案外可愛かった。もっとからかいたくなってくる。

「なんだよ。もっといやらしいことだって平気で言うだろう、おまえは。どうしたんだよ」

「……別に、どうもしない。ただ今夜は、その……」

赤くなって口ごもる慎哉に、貴俊はふと思いつく。まさか、と思いながら言ってみた。

「もしかして……今夜はメチャクチャ感じちゃった？　たとえば、今までで一番とか」

そう訊くと、慎哉が大きなため息をついて髪をかき上げる。

「……はぁ、おまえが悪いんだぞ。あんなところ縛るから……」

ぶつぶつと文句を言いながら、ベッドに腰かけてくる。漂う空気が気安げで、貴俊はなんだか嬉しくなる。いろいろあったが再び関係を持つことになり、慎哉も貴俊に気を許すようになってきたのだろうか。

微妙な満足感が、湧き上がる。背後から、貴俊は慎哉の腰に腕を回して抱きしめてみた。

甘いため息が、慎哉の唇から零れ落ちる。

慎哉もイヤがっていない。そのことが、貴俊を大胆にする。

まだ赤みの残っている耳朶《じだ》に囁いた。

「死ぬって言いながら、すごい勢いで射精したもんな。——気持ちよかったか、上原」

ますます慎哉の頬が赤らんだ。首筋まで赤くなりながら唇を尖らせるのが、思いがけなく可愛い。

「メチャクチャにしやがって……」

「メチャクチャになるセックスをしてくれって、おまえが言ったんだろうが。ご希望通り、メチャクチャのグズグズにしてやったんだけど？」

含み笑いながらそう言ってやると、慎哉が唇を嚙みしめる。しまったとでも言いたげな表情に、貴俊はますます満足した。

首など絞めなくても、最高の快楽は分かち合える。そのことを立証できたことが嬉しい。

そうだ。逃げたりせずに、最初からこうやって慎哉を抱いてやればよかったのだ。

貴俊はそう思う。慎哉の首筋に、甘嚙みするようなキスをした。

「……やめろよ」

慎哉は不機嫌だ。自分が望んだのとは違うやり方で感じさせられたのが、よほど不満なのだろう。

結局のところ最高に気持ちよかったのなら、なにが不満なのだろう。貴俊は、チュッとその首筋に吸いつきながら考えた。

首を絞めながらするのが最高のセックス――。

だがそれは、一歩間違えば死にかねない行為だ。実際、行為の行きすぎでの死亡事故もあるはずだった。

それに、ただ単に爛れた快楽の行為を慎哉が望んでいるのなら、今夜のこれも悦びこそすれ、拗《す》ねるのはおかしい。

いや、と貴俊は慎哉を覗き込む。拗ねるというより、どこか深い、暗い部分で苛立っている様子だ。なにを苛立ち、なにを気に入らないと思っているのか。

「上原……」

このままなし崩しにベッドに引き入れてしまおうかと、貴俊は慎哉を自分の胸へと引き倒そうとする。しかし、強く肩を押されて拒まれた。

「やめろよ。帰るって言っただろう」

そう言うと、貴俊の手を引き剝がして、立ち上がる。不愉快そうな、渋い顔だった。

貴俊はベッドの上から、慎哉を見上げる。

「だが……今夜のセックスはよかっただろう？」

慎哉の様子から、それは紛れもない真実だった。その事実が、貴俊に自信を与える。

問いかけに、慎哉が暗く俯《うつむ》いた。呟くように、返事が来る。

「……ああ、よかったよ。甘い死ってやつを何度も味わった。だが……違うんだ」

最後の一言は、呻くように小さかった。それで、貴俊は一瞬聞き間違えたかと思った。

——違う？

慎哉ははっきり、そう口にしていた。

いったい、なにが違うというのだろう。

貴俊が返す言葉を思いつかないうちに、慎哉が出入り口のドアに向かってしまう。

慌てて、貴俊は声をかけた。

「上原！　また、会えるだろう？」

「……ああ」

振り返りもせず、慎哉が答える。そのまま黙って、彼は部屋を出ていった。

くしゃくしゃと、貴俊は髪をかきまぜた。

「くそっ……いったいなんなんだよ」

それこそ、死ぬほどの悦楽を分かち合ったというのに、慎哉はなにが不満なのだろう。慎哉の望んだ通り、メチャクチャにしてやったではないか。過ぎた快楽で、涙でグシャグシャになった顔で、気持ちがいい、イくと何度も叫ばせた。

射精に至った時の肉筒の戦慄きは、かつてなく淫らな反応だった。慎哉は何度も気を失い、それでもなお貴俊は慎哉を攻めた。

自失した慎哉が意識を浮上させるのも、貴俊からの快楽ゆえだった。啜り泣きながら目覚め、喘ぎながら腰を振った。下腹部をドロドロにして。

あれこそ、慎哉が望んだメチャクチャになるセックスではなかったのか。

それとも慎哉は――。

そこまで考えて、貴俊は呆然と呟いた。

「まさか……本当に死ぬようなセックスを望んでいる……？」

いいや、そんなまさか。

貴俊は浮かび上がったそれを、慌てて打ち消した。セックスの果てに正真正銘の死を望むなんて、まっとうではない。

そもそも、慎哉は自ら望んで同性とのセックスに身を投じているのではないのか？

気持ちいいことが大好きで、特に同性に抱かれるのが大好きなニンフォマニアじみた男ではなかったのか。

けれどもし、『メチャクチャに』というのが性的な意味ではなく、文字通り己を壊してほしいという意味であったなら――。

まさか、と思いながら、貴俊はゾクリとするのを止められなかった。

思い返せば、最初に『首を絞めて』と言ってきた夜の慎哉は、どこか虚ろなところがあった。正気と狂気の狭間にいるような、ふわふわと漂うような異様さがあった。

――なぜ、上原は男漁りなんてしている……。

改めて、貴俊はそのことを考え出す。

男が好きだから。

後ろを犯されるのが好きだから。

あとくされなく気持ちよくなりたいから。

理由は、最初の時にはっきりと伝えられていた。だが、本当にそんな理由なのだろうか。

正真正銘の死を望むかのような慎哉の態度からは、もっと別のなにかを感じる。

彼が望んでいるものは――。

『メチャクチャにしてもらいたいのでなければ、同じ会社の男になんて手は出さないよ。表沙汰になった時、リスクが高すぎるだろう？』

リスクが高いから、同じ会社の男には手を出さない。それでもなお手を出したのは、メチャクチャにしてもらいたいから。メチャクチャにされたいから、あえて同じ会社の男に手を出した。

それはつまり――。

「あいつは……自分自身の破滅を求めているのか……？」

貴俊は呆然と、頭を抱えた。辿り着いた答えが信じられなかった。いくら慎哉に、破滅への憧れを思わせるようなほの暗さが垣間見えたといっても、まさか本気で壊されたいと望むとは思えない。

だが、慎哉の発言を文字通り解釈すれば、回答は自ずとひとつの地点へと導かれる。

同じ会社の男に手を出すリスクとは、たとえば、切れた相手に自分の性癖を暴露されるとか、二人の関係を他者に勘ぐられ、男同士で関係していることを知られることなどなどだ。

破壊されるのは、慎哉の社会的立場。

そうやってメチャクチャにされたいから、慎哉はあえて貴俊に声をかけ、貴俊が離れれば次のターゲットを物色した。

「どうして……」

なぜ、慎哉はそんなことを望むのだ。社会的に破滅して、そうして——？

わけがわからない。

貴俊は頭を抱え、呻いた。

慎哉を問いつめることはできなかった。なにを訊いても、彼はまともには答えないだろう。だが、見て見ぬふりをすることはできない。ただのセフレで済ませるには、あまりに慎哉と深く関わっている……気がする。

少なくとも、会社の他の奴に慎哉を抱かせたくない。

そう感じるのは貴俊だけかもしれない。慎哉のほうでは依然として、貴俊などただのセフレの一人程度にしか考えていないかもしれない。

だが、だからこそ貴俊は慎哉の謎が知りたい。慎哉を捕える闇の正体を突き止め、彼を……できればそこから引き離したい。

なんの憂いも恐れもなく、貴俊は慎哉を抱きたかった。

――よけいなお世話だってことはわかっているが……。

それでも、貴俊は無視できない。なにかが慎哉を捕えて、苦しめているとわかった以上、知らぬふりをすることはできなかった。

――あいつと俺は、もう関わりを持ってしまっているのだから……。

自分にそう言い訳して、貴俊は慎哉の様子を探り出す。もっとも、自分がなにを見つけ出そうとしているのかは、あまりに漠然としていた。

漠然としすぎていて、前回のように興信所を利用する手は使えない。

――まあ、そうそう金のかかることばかりはできないしな。

この間の調査料もけっこう痛かった。

休日の今日、貴俊の姿は自宅アパートの中にあった。前回の調査書をじっくりと眺めている。

知りたいのは、慎哉の中になにがあるのか。なぜ、自身への破滅願望があるのかだ。

慎哉自身に訊けない以上、その鍵はやはり、セフレとは言いがたい交際をしているふうの石津博之という男にある気がした。

調査書では、二人の交際はずいぶん博之の勝手に振り回される形で続いているようだった。慎哉は気が進まない様子ながら、博之の求めを拒めず応じているらしい。

明らかに、貴俊のようなセフレとはまったく違う対応だ。博之だけは『特別』と知れた。

といって、恋人というわけではない。慎哉の態度は甘い恋人にはあまりにそぐわないものだった。

「それでいて、この男に首を絞められながらスルのがいいなんてなぁ……わけわからん」

貴俊は呟く。いやいや行っているのはポーズなのだろうか。そういうプレイの一貫だとか？

貴俊は首を捻る。

博之の簡単な経歴を、手に取って眺めた。地方のN県出身の二十九歳。そこから都内の名門東都《とうと》大学医学部に進学し、そのまま医局に残って、現在は将来を嘱望《しょくぼう》された外科医。

人当たりもよく、患者にも好かれて、今は教授の娘との縁談まで持ち上がっている。

ついでに言えば、実家もなかなかの規模の病院で、絵にかいたような順風満帆な人生と言えた。

「ってことは、いずれにしろ慎哉は日陰の身にならざるを得ないってのが、あいつの鬱屈《うっくつ》のわけなのか……」

博之のような立場なら、親にも恩師にも世間一般的にも、自身の性癖を明らかにすることなどできないだろう。そんなことをすれば、完璧な人生の大汚点だ。

自然、慎哉の立場はどこまでいっても日陰のものとなる。

愛し合っているのに一生誰にも祝福されることなく、それどころか相手に家庭ができても甘受しなくてはならない立場だとすれば、慎哉が鬱屈を深めるのも当然と言える。

だが、そのわりには——。

貴俊は渋々といった様子で肩を抱かれている慎哉の写真や、不承不承《ふしょうぶしょう》マンションへと入っていく写真を見つめる。

そういうポーズを楽しむ関係だとしても、あまりに写真の慎哉からは恋人と過ごすのだという喜びが感じられなさすぎる。後ろめたい良心の呵責《かしゃく》、というわけでもなさそうだった。

時間と資金の制限があり、そこまでは調査されていなかったが、興信所の所見として『相当以前から、両者の関係は続いていると思われる』と書かれている。

――相当以前……。

それはいったい、どれくらい昔からのことなのだろう。何年、慎哉は博之と関係を結んでいるのだろうか。

――たとえば、大学が一緒だったとか？

ふと思いつき、貴俊は分類がしづらい雑多な書類が仕舞われているカラーボックスに向かった。がさごそと探すうちに、目的のものを見つける。

なんとなく捨てがたく、取っておいたものだ。新人時代のものはこんな調子でけっこう残っているものがあった。捨てなかった自分に、貴俊はよかったと褒める。

研修ノート、配属後に必死に取ったメモ帳、そして――。

「たしかこれに……」

呟きながら、ページを捲《めく》る。入社後の新人研修時に配布された資料だ。そこに、貴俊の期の新入社員一覧があったはずだった。

「あった、あった……うわ、まだ四年しか経っていないのに、ガキっぽいなぁ」

それなりに社会に揉まれた成果がやはりあるのだろうか。四年前の同期たちの写真は、どこか幼く見える。

もちろん貴俊もそうだ。写真の下には氏名と出身大学名、出身地などが書かれている。

目的は慎哉だった。

ほどなくして見つかる。上原慎哉、大学は——。

「……違うか」

ため息をつきつつ、貴俊は肩を落とした。慎哉の出身大学は博之とはまったく違っていた。有力私立大学だが、博之とはまったく違う大学の法学部だ。

「あ！　じゃあ、サークル繋がりとか……」

貴俊は顔を上げる。大学は違っても、同じ都内の大学同士ならサークル活動で他大学との交流があるのは珍しい話ではなかった。

しかし、慎哉がどんなサークル活動をしていたかなど、どうやって調べたらいいのだ。それに、博之のものも。

「はぁ……どうしたものかな」

がっくりと、貴俊は肩を落とした。指で慎哉の経歴を辿《たど》る。

上原慎哉、早慶《そうけい》大学法学部、出身地はN県——。

「N県……!?」

ハッと、貴俊は目を見開く。慌てて、さっきまで見ていた博之の調査書を手に取った。

石津博之、N県出身の二十九歳。

「……やっぱりN県出身」

思いがけないところで二人の接点が見つかった。大学ではなく、出身地が同じだったのか。

ということは、大学どころか高校生時代に、慎哉は博之と知り合っていた可能性もある。

「いや……いやいやいやいや、上原が二十六歳で、あいつは二十九歳だろ。学年にして四学年違うってことは、高校時代の接点は厳しいか……」

部活の先輩後輩だとしても、かなりの偶然が必要になる。

それに、と貴俊は二つの資料を手にしたまま、床に寝転がる。

同県出身だとしても、住んでいた場所によってはまったく別の地域になる。少なくとも、同じ市内、あるいは郡内でなくては話にならない。

二つの資料を見比べながら、貴俊はぼやいた。

「同じ県出身なのはただの偶然か……」

悶々とする。二人がどこで知り合ったのか、どうやって身体の関係を持つようになったのか。

あるいは博之との関係が、慎哉のあの暗さに繋がっているのか。

なにもかもが不明だった。

「N県か……」

興信所のほうの調査書を見ると、実家の住所も記載されていた。

一方、慎哉のほうは不明だ。さすがにそこまでは、資料には記載されていない。

「せめて、上原の実家の場所がわかればなぁ……」

二人の接点がどこにしろ、今のところ貴俊にわかるのは出身県が同じことだけだった。

そこから攻めていくしかない。なんとか探りを入れる方法はないだろうか。

貴俊は思案した。


数日後、貴俊は接待がひとつ潰れたのをチャンスに、慎哉との約束を取りつけた。

まだ早い時間だったため、夕食を摂ろうと和食の店に誘う。自分の知る店の中で、うるさすぎず、といって静かすぎない、適度に客のざわめきが店内を漂っている店だった。

「最近歳かなぁ。昔よりめっきり和食が好きになってきたよ」

そう言う貴俊に、慎哉がひっそりと微笑む。慎哉は見た目通り、そもそもあっさりした料理を好みそうな男だった。

「ここ、刺身がけっこう新鮮で美味しいんだ」

「へえ、楽しみだな。好物なんだ、刺身」

暖簾《のれん》をくぐるとすぐに席に案内される。メニューを手に、ああでもないこうでもないと話しながら料理を決めた。

ビールが来て、軽く飲んでからため息をつく。

「たまにはこういうのもいいな」

「こういうの？」

「ゆっくり飯を食うの。俺たち、会えばいつも……だろう？」

声をひそめて、ニヤリと笑う。フッと、慎哉からもわずかに艶《つや》のある微笑みが返ってきた。場所を考えてか、いつものバーよりも控えめだ。

だが、それで充分、貴俊の情動を刺激する。それはどこか、恋情をも刺激するような熱だった。

――おかしなものだな。

貴俊は心中ひそかに思った。恋など関係ない、身体から始まった関係であるのに、なぜ、慎哉の表情ひとつに自分はドキリとするのだろう。

今だってただのセフレだ。紗枝と付き合った時のように慎哉に恋した瞬間など、自分にはまるでなかった。

けれど、自分は慎哉を知りたいと思うし、もしなにか苦しんでいるのなら多少なりとも力になりたいと思ってしまっている。

こういう感情をなんと言うのだろうか。貴俊にはわからなかった。

始まりが始まりであったし、同性という関係でもあったから勝手が違うのだろう、きっと。

だが、自分が慎哉とセフレ以上の関わりを持ちたいと望んでいることは、たしかだった。

しばらくして料理が運ばれ始めると、貴俊は慎哉とともに舌鼓《したつづみ》を打つ。手持ちのリストからいろいろと考えて選んだ甲斐があって、慎哉も満足そうなことにホッとする。

「本当だ、ここの刺身美味しいな」

そんなふうに言ってもらえると、嬉しい。

「だろう？　俺もここに来て、初めて刺身も美味いんだなぁとわかったんだ。それまではなんか味気なくてさ」

「ああ……久保田はいかにも魚よりも肉って感じだもんな。わかりやすいところで、焼き肉とか好きそうだ」

「焼き肉、いいな。ただ最近は、なんか野菜のおかずも身体が求めてるっていうか……」

冷ややっこに箸を伸ばしながらそう言うと、慎哉が同意の頷きを返す。

「自炊だっけ、久保田。男の自炊はどうしても雑になるからな」

「っていうか、接待がけっこうあるし、でなければ残業だろう？　どうしてもコンビニ弁当とか外食ばかりになるんだよ。入社して二、三年はそれでもよかったんだが、最近はなんか身体が違うものを食わせろって要求する感じなんだよなぁ」

なめらかな豆腐を口にしながら、うんうんと頷く。

慎哉がクスリと笑った。

「それって、久保田がいい家庭で育ったって証拠だよ。きっとお母さんの料理がきちんとしていたんだな。だから、身体のＳＯＳにちゃんと気づけたんだよ」

「そう……なのかな、だといいが。歳のせいだとしたらちょっと悲しすぎる」

まだ二十六歳だし、とわざと泣き真似をしてみせる。

慎哉が楽しそうに噴き出す。

「そうだよ。だから久保田は、嫁さんになる相手は料理上手を選ぶといいぞ。絶対、下手だと離婚になる」

「料理上手か……お」

おまえは？　と訊きかけて、貴俊は慌てて声を呑み込んだ。慎哉が料理上手かどうか知って、どうする。それよりも、目的の質問に誘導するのが今夜の目当てだ。

貴俊はさり気なく、会話を続けた。

「結婚といえば、今度高校の時の友達が結婚することになったんだよ。そいつも胃袋で捕まったって言っていたな」

「へぇ、やっぱり胃袋は重要なのか」

「だな。おかげで俺の今週末は丸潰れだよ。A県の県庁所在地だから、まあなんとか前日に行って、翌日の夜ギリギリには東京に戻れるけど……まいるよなぁ」

ぼやきながら、貴俊は慎哉の様子を窺った。

結婚の話はまったくの嘘だ。いろいろ悩んだ末、これが一番自然な形で実家の所在地を訊き出せると考えたのだ。

そんなこととは知らない慎哉は、貴俊に同情してか苦笑している。

「久保田の地元はA県なのか。まあ、新幹線が通っているだけマシだろ。御苦労さま」

「なんだよ、他人事みたいな顔しやがって。まさか、おまえ東京民か？　実家が都内なら、結婚式に呼ばれてもそれほど大変じゃないものな」

N県に実家があると知っているくせに、そうカマをかけてみる。

貴俊の意図を知らない慎哉は、するりと答えてきた。

「まさか、都内なわけないじゃないか。それなら実家から会社に通うだろ。N県だよ。それも、新幹線なんて通っていないB市。もしも地元で結婚式なんかあったら、絶対に三連休にしないと無理！」

B市。

その答えに、貴俊の心臓がドキリとした。それは、博之の出身地と同じ市名だったからだ。

――あいつと同じ市……。

黒い染みのような疑惑が、じわじわと広がる。まさか本当に、慎哉と博之の付き合いは、慎哉の高校生時代からのものなのか。

心中の疑惑とは別に、口は調子よく開く。

「B市？　あれ、N県で新幹線が通っているのって、N市だけだったか」

「あとはC市。うちは全然かすりもしないんだよ」

慎哉のぼやきに、貴俊はまあまあと宥《なだ》める。けれど、心臓はバクバクと鳴っていた。

なんとか平静な口調で、次の問いを投げかける。

「でも、おまえが行っていた高校なら、きっと進学校だったんじゃないか？　それなら、友人連中も東京で就職している奴らも多そうだし、結婚する時も都内のホテルのケースもあるだろう？」

「さあ、どうかな？　地元ではそれなりの進学校だったけど、所詮は田舎の進学校だからな。T大に行くような奴もまあいたけど」

「へぇ、すごいじゃないか。俺のところなんて、T大に行く奴なんかめったに出ないぞ」

ははは と笑いながら、貴俊は調子を合わせる。

高校名までは突っ込めなかったが、ある程度の情報は得られた。B市はおそらくそれほど大きな市ではないはずだ。そこで例年T大への進学者を出す高校となるとかなり絞れるだろう。

そこから、慎哉の在学した高校が割り出せる。

――それが、あの医者と同じ高校だったら……。

明るく振る舞いながら、貴俊の内心は暗く沈んでいた。知りたいという欲求とは別に、ピースが埋まるごとに気持ちが沈んでいく。

慎哉と博之の関係が高校時代からのものだとしたら、二人の繋がりは貴俊の想像以上に深いものという可能性があった。

――もし、上原が本心ではあいつを愛していたとしたら……。

そう考えたとたん、屈託なく笑いながら、貴俊の胸は軋むように痛んだ。自分でも思いがけない軋みだった。まるで、貴俊が慎哉を強く想っているような――惹《ひ》かれているような――特別な感情を抱いているような。

――どうしよう……俺は、こいつが……。

目を逸らし続けてきた本心を、貴俊はようやく見つめる。心を突き刺すこの痛みは、いったいなんなのか。焦がれるほどの欲望、いや、望みだろうか。

少なくともこれは、好きとか嫌いとかいうものではなかった。そんな単純なもので量れる感情だったら、どんなによかっただろう。

そうしたら、貴俊ももっと早くに、自分の感情の変化を自覚したかもしれない。

だが、今貴俊が感じているものは、もっと原初的なものだった。

――どうかしている……。

彼は男なのに。自分と同じ男であるのに。

けれど、慎哉が欲しい。

自分は、目の前のこの男のすべてが欲しいのだ。その身も、心も。

誰にも、触れさせたくない。自分だけのものであってほしい。

――上原……。

にわかに湧き上がってきた荒れ狂う嵐のような感情を必死に押し殺し、貴俊は明るく振る舞い続けた。


帰宅し、貴俊はすぐにパソコンを立ち上げた。ネットで、慎哉の故郷を検索する。

小さな町だから、すぐに該当する高校は知れた。

興信所で調査してもらったあの男――石津博之の出身校をチェックする。

「やっぱり……」

貴俊は爪を嚙んだ。市内トップの進学校に、二人はいた。

学年は離れているが、やはり高校が二人の接点だったのか。

貴俊はため息をついた。これ以上のこととなると、もう一度興信所に調査を依頼したほうがいいのかもしれない。さすがに、素人が調べるには無理がある。

「また興信所か……」

ごろりと寝転がり、貴俊は天井を見上げた。いささか自分が執念深いように思えてくる。

相手は、恋人でもない同性の男なのだ。彼は自分をセフレだと断じている。

現に、今夜も貴俊は慎哉と濃密な夜を過ごしていた。焦らしに焦らして、慎哉にいわゆる『甘い死』というやつを何度も味わわせてやった。

最後には気をやるようなセックスに、慎哉は不貞腐れながらもある種の満足感は得ているようだった。

だが、しきりと「おまえは気持ちよかったか？」と訊いてきたのが気になるといえば気になる。

絡みつく腕が、蠱惑的な眼差しが、もっと自分に溺れろと言っているような――。

まるでそうしたら、夢中になった貴俊がいつかは自分を破滅させてくれると望んでいるようにも聞こえた。

なぜ、慎哉がそれほどまでに壊れたいと望むのかが、わからない。

ぐしゃぐしゃと髪をかき回し、貴俊は呻いた。

「ああもう……どうしたらいいんだよ、俺は」

もう一度興信所まで入れて、慎哉のことを知ってどうする。

一人になって、少し冷静になった自分が自分を問いつめる。

慎哉が欲しかった。本能的な部分で、彼のすべてを自分のものにしたかった。

だが、もしも手に入れたなら、慎哉の闇も受け入れなくてはならない。

彼の中の闇を、自分は本当に知りたいのか。興信所まで使って。

「……まるでストーカーじゃないか」

顔を両手で覆って、貴俊は呟く。二度までも興信所を使おうとする自分は、慎哉のストーカーだ。

そこまでして慎哉の闇の在《あ》り処《か》を知って、自分は慎哉のすべてを受け止める覚悟があるのか。

あるいは、なにがあってもかまわないほど自分は彼が欲しいのか。

慎哉を思ったとたん、散々彼を抱いて気だるい下肢がずくりと疼いた。「おかしくなる……」と訴えながら、奥深くまで貴俊を咥え込んで離さなかった痴態が蘇る。

あの瞬間、なにもかもあまさず慎哉と溶け合いたかった自分がいた。繋がっている部分だけでなく、全身で慎哉と溶け合い、混ざり合い、永遠にひとつでいたいような――。

――いかれている。

貴俊は自嘲した。だが、自分がすでに毒を口にしていることはわかった。その毒は全身に回り、もう後戻りできないところまで貴俊を冒している。

毒を食らわば皿までだ。

貴俊は勢いをつけて起き上がった。

興信所に依頼する。もう今さらだった。

決心がついて、貴俊はパソコンの電源を落とそうとした。

開いていた画面を閉じようと、マウスを動かす。画面は、慎哉の高校を調べた時の検索サイトのままだった。

その時、ふと単純なことを思いついた。名前で検索してみたら、なにか出るだろうか。

いや、一般人の名前を検索したところで、ネットで引っかかるわけがない。

すぐに自分の思いつきを打ち消したが、ちょっとした興味もある。

「――ま、無駄だとは思うけどな」

そう呟きながら、貴俊は慎哉のフルネームを入力した。一応念のため程度の気持ちだった。

検索をクリックする。

すぐに様々な表示が出てきたが、どれも慎哉とは別人のものばかりだった。

続いて、『石津博之』と入力する。

こちらも、出てくるのは勤めている病院のサイトや論文らしきものがせいぜいだ。

貴俊は苦笑した。

「こんなもんだよな、やっぱり」

そうして、今度こそ画面を閉じようとする。

けれど、その直前、もうひとつの検索ワードを思いついた。

博之の実家の病院名だ。個人名ではたいしたことが出てこなくても、病院名ならなにか評判とか、ちょっとした噂めいた話が引っかかるかもしれない。

そこからなにか、博之に関することなどが調べられたら、慎哉との関係を知るきっかけになるかもしれなかった。

「いやいやいや……でもまあ、念のため」

否定しながらも、貴俊はものは試しで検索してみる。

病院のサイト、B市で出している病院一覧、あるいはよくある病院の紹介一覧などが出てくる。

「そうだよな……」

苦笑して、貴俊は半ば自分に呆れた気分で、数ページ見ていった。

その中にネットの掲示板があり、貴俊はそこに飛んでみた。B市の総合病院についての掲示板だ。

ほとんどは関係ない病気談義、どこそこの先生がいいなどの話をなんとなく見る。

それによると、博之の実家の評判はなかなかのようだった。

「……大学病院でも将来を嘱望されていて、実家の病院も上々で……。これでなんで、上原とあんな関係を結んでいるんだよ、あいつ」

貴俊はぼやく。それこそ同性愛趣味があるのなら、見るからに不本意そうな慎哉を相手にしなくても、金にモノを言わせてもっと楽な相手がいくらでも見つけられそうではないか。

「わからないなぁ……」

貴俊はため息をついた。ふと時計を見ると、深夜三時を回ろうとしている。

いいかげん休んだほうがいいか。

貴俊は今度こそ、画面を閉じようとする。

と、その目が一文を捉えた。

「………自殺？」

えっ、と画面に顔を近づけ、問題の一文を凝視した。

——患者は救えても、自分の息子は救えなかった病院だぞ。

——ｋｗｓｋ（くわしく）！

——あそこは何年か前、息子が自殺してるって聞いたことある。

そのあと、原因を推測するレスが続いたが、結局スレッド内では結末までいかず、別の話題に流れていった。

しかし、自殺とは穏やかでない。

すぐに、貴俊は病院名と自殺、息子などで検索した。

結果はあっけなく出てきた。古いニュースが引っかかったのだ。

そこに出てくる名前と年齢に、貴俊は目を瞠《みは》っていた。

年代は十年前、その時の年齢は十六歳。年頃でいえば、慎哉の同級生。

それは博之の弟であった——。

§第六章

眼鏡を外し、鼻梁《びりょう》の部分を摘まんで、慎哉は深く息をついた。一日パソコン画面に向かっていたせいで、目が疲れている。

「上原さん、コーヒーをどうぞ」

部署内の女子社員が、可愛らしく微笑みながらカップを差し出してくれた。本来なら自分で淹《い》れるものなのだが、慎哉の部署ではついでのある時などは女子社員が淹れてくれることがあった。

「ありがとう」

眼鏡をかけ直して礼を言い、カップを受け取る。ちょうどひと息入れたいところだったので、コーヒーを口にする。自販機ふうの機械で淹れたものだから、さほど美味しいというわけではないが、ちょっとした気分転換にはなる。

首を回し、慎哉は再び画面を見つめた。機械的に打ち込みを再開しながら、頭の中では別のことを考えている。

貴俊と再び関係するようになって、半月あまりが過ぎようとしていた。

再開以来、貴俊の抱き方は以前と明らかに変化していた。執拗《しつよう》というか、わざと慎哉を焦らして、身も世もない鳴き声を上げさせるのを楽しんでいる節すらあった。

忌々《いまいま》しい。最初の頃は男の抱き方も知らなかったくせにと思うと、なおさら腹立たしかった。

だが、と慎哉は自分に言い聞かせる。あの限度を超えてもなお執拗に悦楽を煽るような抱き方が執着心を表しているのなら、むしろ自分の思うツボではないか。今度こそ溺れさせて、慎哉のための道具に使うのだ。

破滅への欲求は、日増しに高まっていた。何食わぬ顔をして、いかにもストイックなふうを装い続ける表の顔に、慎哉はもう叫び出したくなる。

時々女性陣から憧れの眼差しを向けられることにも、耐えがたい思いしかなかった。

自分が夜ごとなにをしているか知ったら、ここにいる同僚たちはどう思うだろう。

男に身体を開き、犯されて喘ぎ、感じて、ただの牝犬になり下がる慎哉を――。

抱かれることに感じる自分は、最低の男だった。

――ダメだ……。

今夜もメチャクチャにしてもらわなくては、神経がもたない。

トイレに立つ振りをして、慎哉は席を離れる。

個室で、携帯端末を取り出した。貴俊へとメールを送る。

彼との行為を再開して以来、セックスはもっぱら貴俊を相手にすることが多かった。

以前のように街で男を引っかける気にはなれなかった。

普通のセックスではもう物足りない。貴俊との、破滅を予感させる行為でなくては、慎哉の情動は治まらない。

それほどに、今の慎哉は追いつめられた心境だった。

あんな、自分ばかりがあれほどに感じさせられるやり方なんて、大嫌いなのに――。

ただ、狂おしいほどに求められるのは悪くない。それだけ、貴俊が慎哉に夢中になっているという証だからだ。

今度こそ堕《お》とす。自分を破滅させるほどに、この身に溺れさせてみせる。

それはもう、さほど遠くないと思えた。

席に戻り、貴俊からの返事を待つ。接待や、残業に至るほどの仕事がなければ、貴俊は応じてくれるだろう。

だが、十五分ほどして送られてきた返事に、慎哉は落胆する。貴俊は出張で、東京を離れているらしかった。

そういうことなら仕方がない。貴俊に抱かれてぐちゃぐちゃにされたかったが、今夜のところは大人しく帰宅することにしよう。

身体の深い部分が疼いたが、無視することでなんとか抑え、慎哉は定時まで仕事に集中した。

定時を三十分ほど過ぎたところで、キリになる。

机の上を片付け、慎哉は部署を出た。

時間潰しに書店でも寄っていこうか、それとも、ＤＶＤでもレンタルして家で見ようか。

そんなことを考えながら、会社ビルを出る。

と、携帯端末が振動した。誰からだろう。もしかして、貴俊からだろうか。

ほのかに、慎哉の口元に笑みが浮かぶ。

出張が早く終わったと言ってくるのかもしれない。

しかし、そんな期待は早々に打ち砕かれる。取り出した携帯端末の表示は、貴俊とは違う名であった。

石津博之――。

微笑んでいた慎哉の表情が硬く強張《こわば》る。今日は早く帰れそうだからマンションに来い。そう打たれていた。

命令形の短い文面に、慎哉の唇が歪んだ。

――早く来い、か……。

慎哉の身体は、慎哉自身のものではない。十年前のあの日から、慎哉は博之のものだった。

自分に赦される日は来ない。もし、赦されるとしたら、逃れる方法はたったひとつだった。

——早く……久保田。

早く、自分を壊してくれ。

声には出さず、そう願う。慎哉を解放してくれるのは彼だけだった。貴俊だけが、慎哉を救ってくれる。この果てのない暗闇から——。

救いの日を心で求めつつ、慎哉は博之の元に向かった。


「は……あぁ、ぁ……んん、ぅ」

グチュグチュに潤滑油を注がれた後孔に、博之が侵入してくる。腰が浮き上がるほどに両足を押し広げられ、ゆっくりと最奥まで貫かれた。

太い。熱い。

後孔の襞は限界まで広がり、ひくひくと震えている。

痛みではない。気持ちがいいのだ。男に犯されることに感じている。

「……っん、く」

自分の身体の反応が厭わしくて、慎哉は唇を嚙みしめた。

伸しかかった博之が、そんな慎哉を笑っている。

「こんなになっていて、まだ諦められないのか？　どうせすぐに、なにもわからなくなるくせに」

「……あっ！」

深々と慎哉を串刺したまま、博之がツンと尖った乳首を親指の腹で押し潰す。グリグリと転がされるのが、たまらなくよかった。

「んっ……んっ……」

「中がビクビクしているぞ。乳首を弄られるのがそんなにいいか、変態め」

男のくせにそんなところが感じていることを揶揄される。

慎哉は涙ぐんだ。屈辱と、それでも感じているのとで滲んだ涙だ。慎哉にとってセックスは、やさしく睦み合う行為ではなかった。常に恥辱を味わわされ続けるためのものだった。

そこにあるのは悦びではない。ただ身体だけが勝手に昂っていく。

「あぁ……ひっ」

乳首を弄られながら、中の怒張を動かされた。捏ねるように腰を回し、ひくつく柔襞を刺激してくる。そうしながら、時に軽く腰を引いては、ズンと奥を突き上げてくる。

たまらなかった。十年の交情で、博之には慎哉のどこをどう刺激したら感じるのか、すべて知られている。

というより、この肉体が同性との行為に感じるようになったのは、博之に開発されたためだ。慣れぬ身体をじっくりと、時間をかけて男に抱かれて悦ぶように調教された。

現にこんなことをされて、慎哉のペニスは涎《よだれ》を垂らして勃ち上がっている。気持ちがいいと、太い男を咥えさせられた肉壁も戦慄いていた。

厭うべき身体。厭うべき変化だった。けれど、逆らえない。

そのうちに、博之が大胆に動き出す。ぎりぎりまで引いて、柔襞を抉るようにして突き入れ、前立腺の部分は特に意地悪く擦り上げる。

「あ、あ、あ……あぁ、うっ」

顎を仰け反らせて、慎哉は感じ切った嬌声を上げた。

「気持ちがいいか、慎哉？」

肉奥を穿《うが》ちながら、耳朶に博之が囁く。その吐息にも背筋を震わせて、慎哉は博之の動きに合わせるように腰を振って応えた。

だが、そんな反応だけで博之は許してはくれない。その口で答えろと、性器の根元を縛めて苛めてくる。

苦しい。イきたくてたまらなくて、慎哉は涙を流す。

抵抗は、無意味だった。過去何度、博之の求める惨めな囁きをそのまま口にしたことだろう。

喘ぎながら、慎哉は彼の望む言葉を口に載せた。

「き……気持ち……い、い……あ、あぁ」

死にたいほどに惨めだった。

けれど、これは始まりで、最後ではない。

さらに何事か、慎哉は博之に囁かれた。焦らすように、奥まで入った怒張が中をじんわりと捏ねる。

慎哉の淫らな肉壁は、もっと苛めてくれとその男根に絡みつく。吸いついて、ジンジンする熱に狂っていく。

啜り泣きながら、慎哉は唇を開いた。ギュッと博之にしがみつき、彼ではない別の名前を口にする。

「気持ち……いい、友之……ぁ、んっ」

口にした瞬間、褒めるように一番感じる部分を擦り上げられた。軽く腰を使いながら、博之がほくそ笑む。

「それだけか、慎哉。もっと言うことがあるだろう?」

「……っん、く……ぁ、好き……」

涙がぼろぼろと流れ落ちる。中空を見つめる瞳に、博之ではないもう一人の男の姿が映し出される。

石津友之――。

博之の弟、慎哉の親友。誰よりも仲のよかった友。

博之との行為は、常に目には見えない彼を交えてのセックスだった。

慎哉は友の名を呼び、友に抱かれて欲情する。

「友之……好き……あぁっ」

「好きだけじゃないだろう？　友之に抱かれるのがいいだろう。犯されるのが気持ちいいだろう。言え、慎哉」

性器を扱かれながら、肉奥を穿たれる。

こんなことで気持ちよくなんてなりたくなかった。抱かれることでよくなんて、なりたくなかった。

でも今は、今の自分は犯されることで喘ぎ、ペニスを反り返らせて感じている。

懲罰だから。これが自分に与えられた罰だから、すべてを甘受する義務が、自分にはあった。

しゃくり上げながら、慎哉は望み通りの恥ずべき言葉を口にする。

「気持ちいい……友之、い……い……友之に抱かれるの……好き……あ、あ、あ……いいぃ……っ」

自分を抱いているのは、友之。

気持ちよくしているのは、友之。

自分は親友に抱かれて、喘いでいるのだ。喘いで、恥ずかしいほどに感じている。

「友之を愛しているだろう？　なあ、慎哉、愛しているだろう？」

せわしなく慎哉に腰を打ちつけながら、博之が訊いてくる。

戦慄きながら、慎哉は答える。

「愛してる……友之、愛して……る……あ、あんっ……あぅ、っ」

「慎哉……！」

荒々しく抱きしめられた。最奥を穿つ動きが、さらに激しくなる。

その腰に両足を巻きつけて、慎哉も腰を揺らした。

気持ちがいい。同時に、それが厭わしくて叫び出したい。

快感と嫌悪の両者に責め苛まれながら、慎哉は絶頂に導かれる。

「くっ……慎哉！」

「……あっ……あ、んんんぅぅ——っ！」

最奥で博之が蜜を迸らせ、慎哉も腰をガクガクと揺らした。

前方の花芯からはしたない白濁が噴き出る。腹を、胸を濡らして痙攣した。

「あ……あ……はぁ、はぁ、はぁ」

やがて弛緩《しかん》して、荒く息をつく。伸しかかっている博之の息も荒かった。

だが、呼吸が整えば、すぐにまた慎哉を責めてくる。

「——顎まで飛ばしたな、慎哉。よかっただろう？　生きている弟にも、そうやって応えればよかったのに」

ビクリ、と慎哉は震えた。

生きている弟――。

そう、友之はもういないのだ。十年前にこの世から消えて、もう二度と戻ってはこない。

慎哉が殺したのだ。

悲痛な呻きとともに、慎哉から涙が零れ落ちる。それを博之が、愛しげと言ってよい仕草で吸い取った。

「今さら泣くな。――弟も可哀想に。おまえがこれだけ男に抱かれて喘ぐ淫売だと知らないまま、綺麗だと信じて死んでいったのだからな。馬鹿みたいだろう」

「そんなこと……」

泣き濡れた目で、慎哉は博之を見つめた。

自分は汚れていなかった。少なくとも、友之が消えてなくなる瞬間までは、彼が信じた無垢《むく》な身体だった。

これほどまでに淫らに仕込んだのは博之であるのに――。

だが、博之は小馬鹿にしたように鼻を鳴らす。

「事実じゃないか。本当に男がダメなら、わたしにいくら抱かれたところで、ここまで感じる身体になどなるものか。つまり、犯されて喘ぐのが、おまえの本質だったんだよ。――まさか、弟を変態と罵ったおまえが、本当は一番の変態だとはな」

ははは、と博之が哄笑《こうしょう》する。

慎哉は青褪めた。反論したかった。本来の自分は同性愛者ではなかったと訴えたかった。抱かれることに感じる男ではなかったと言いたかった。

「それは、だって……！」

「わたし以外の男にも、悦んで足を開いているじゃないか。何人の男のモノを、この尻に咥えてイッた？　ここに男のモノを挿れられて、どれだけいい声で鳴いた？　――ほら、今のでまたわたしを食いしめてきたぞ。中を抉られるのが気持ちいいのだろう？　男に犯されるのが好きなんだろう。男のくせに、この牝犬が」

「違う……違う、オレは……」

慎哉はいやいやと首を横に振る。けれど、反論の言葉は続かなかった。

なぜなら、自分が男に抱かれてよがるのは、事実だったから。

あれほどひどい言葉で友之をなじったくせに、今では自分から男たちに足を開いているから。

もうどれだけの男たちに身を任せてきたか、慎哉自身にもわからなかった。名前も知らない男たちに、自分はこの身体を好きに与えてきた。そのことで悦びを得てきた。

自分こそが汚れている。男に抱かれてよがる変態だ。

慎哉は啜り泣いた。泣くこともしかもう、できなかった。

博之がなぜか舌打ちする。充分慎哉を痛めつけることに成功しているのに、なにが不満なのだろう。

中の雄を、ぐりと動かされた。

「――このままもう一度、いくぞ」

「んっ……あ、あぅ……友之……」

自分を抱いているのは、誰なのか。博之なのか、友之なのか。何度も何度も、友之の名で抱かれてきたせいで判然としなくなる。

低く、博之が笑った気がした。慎哉の中を責めながら、胸を摘まんで嬲《なぶ》ってくる。

「そうだ、慎哉。おまえを抱いているのは、弟だ。友之が、おまえを存分に味わっているんだ。忘れるな……」

「あ、あぁ……あ、んっ……友、之……友之……あぁっ」

グチュグチュと、抜き差しされる後孔から先に放たれた樹液が濡れた音を立てて洩れてくる。すっかり男に慣れ切った後孔は、嬉しげに博之の怒張にしゃぶるように絡みついている。

もしあの時、友之を受け入れていたなら、今こうして慎哉を抱いているのは、友之になっていたのだろうか。自分は友之と、こんなことができたのだろうか。

親友を愛せていただろうか。

博之に抱かれて喘ぎながら、慎哉は十年前のあの夏の夜を思い浮かべていた――。


「おお！　すっげぇ……。ホント、ここ穴場だな、友之」

花火会場から五百メートルほど離れた空家の縁側で、慎哉は友人の石津友之と花火を見上げていた。

空家といっても、古い日本家屋の豪邸だから、みすぼらしい雰囲気ではない。

明らかな不法侵入なのだが、まだ高校生の二人に『ものすごくいけないことをしている』という罪悪感は薄かった。

二人して寝転がり、次々に上がる花火を眺める。その間にも、学校の話をしたり、夏休み中のあれこれを話したり、持参した菓子類を食べたり忙しい。

友之は、この四月に高校に入学してから知り合った友人だったが、たったの四ヶ月あまりでもうすっかり親友の域に達していた。

不思議と馬が合うのだ。

眼鏡をかけた百六十センチそこそこの慎哉はヒョロヒョロで、一方の友之は眼鏡ではなくコンタクト。加えて、体格は慎哉よりもう少し、大人に差しかかった雰囲気があった。

けれど差異はそれくらいで、中身は同類だった。

読書が好きな友人は今までにも何人かいたが、友之ほど話が合うのは初めてだった。感想を言い合うのも楽しかったし、互いに薦め合う本も趣味が合った。

この夏は図書館で待ち合わせて、宿題を一緒にするのも楽しかった。

今日などは、友人と花火を見に行くと言った慎哉に、母親がびっくりしていたほどだ。なにしろ、友人と夜遊びに行くなんていうことがない息子だったのだから。

だから、大喜びで「行ってらっしゃい」と送り出されたくらいだ。

またドンと花火が上がり、慎哉は本で読んだことのある掛け声をかける。

「た〜まや〜！」

実際のところの意味はよく知らない。けれど、本の中でこうやって花火に掛け声をかけているのを読んだことがあるのだ。

「か〜ぎや〜！」

と、友之も続ける。

「これって、どういう意味か知ってる？」

友之が訊ねる。知らないと慎哉が答えると、答えを言いたくてうずうずした様子で、教えてくれる。

「どっちも、江戸時代の花火屋なんだって。両国《りょうごく》の川開きで人気のある花火屋で、それが花火の褒め言葉になっていったんだってさ」

「へぇ……そういう由来だったんだ。友之は物知りだよなぁ」

感心して、慎哉は親友を褒める。同じように本好きで、趣味も合ったが、ライトノベルにも浮気している慎哉と違って友之はどちらかといえば正統派の読書家で、その分いろいろな知識が豊富だった。

慎哉の感嘆に、友之が照れくさそうに笑う。

「いや、慎哉ならきっとこのネタが出ると思って、調べてきたんだ」

「なんだよ～、友之」

あははと笑いながら、親友を小突く。

けれど、たしかに「た～まや～」なんて、友之相手でなければ口にしない言葉だ。

説明しなくても、同じレベルの語彙《ごい》力で会話できることが、高校生になったばかりの慎哉にはくすぐったくも嬉しいことであった。

そう、慎哉にとって、友之はあくまでも『親友』だったのだ。

だから、警戒心なんて欠片もなかった。

いつしか花火が終わってからも、縁側に寝転びながら親友とぺちゃくちゃと喋って、時間を過ごしていく。

うとうとしてくるのも、成り行きだった。

広々とした庭から吹いてくる風は案外涼しくて、自宅の窓を開けた時の生ぬるさとはまったく違っていて過ごしやすい。

気がつくと、慎哉は縁側に寝転んだまますやすやと寝息を立てていた。

それがいけなかったのだ。

いや、本当にいけなかったのだろうか。同性の友人をそこまで警戒する人間なんて、そうはいない。

寝入るといっても熟睡ではなく、なんとなく眠りと現実の境界線上を漂っていた慎哉に、なにかが覆いかぶさってくる気配があった。そして、ふっと唇に触れてくる。

――え……？

柔らかな、それでいて温度のあるなにか。

それが一度、慎哉の唇に重なり、軽く離れてまた触れてきた。

どこか切迫したような親友の囁きが、すぐそばで聞こえてきた。

「慎哉……」

そしてまた…………キス。

そう、この触れてくるものは唇だ。自分はキスをされているのだ。親友に。

「…………っっ！」

ハッと、慎哉の目が開いた。友之の顔が間近にあり、唇を唇で塞がれている。

「んんっ…………やめろ……っ！」

慎哉は友之を突き飛ばした。信じられなかった。親友が、自分にキスをしているだなんて。

「なにしてるんだよ、友之！　今の……なんだよ……」

気持ちが悪くて、キスされていた唇を手の甲で乱暴に拭う。

友之は明らかに動揺していた。どうしたらいいのかわからない顔をしていた。

切なくその顔が歪んで、友之はついに決定的な一言を言ってしまう。

「好きだ……ごめん、慎哉。でも、慎哉が好きなんだ」

「好き？　好きって……なんだよ、それ。オレたち、友達だろ!?　好きなんて……好きなんて……」

それも、キスをするような『好き』だなんて、慎哉の頭が真っ白になる。なにをどう考えたらいいのか、高校生の慎哉にはわからなかった。それよりも、混乱のほうが大きかった。

告白したことで一気に堰が切れたのか、友之が慎哉に取り縋ってくる。

「好きだ、慎哉。友達だって、オレもずっと思っていたけど……一緒にいるようになって、どんどんおまえが好きになって……ただ友達でいるだけじゃ満足できなくなって……おまえの寝顔があんまり可愛くて……たまらなくなって……」

「な、に言ってるんだ……なに言ってるんだよ！　おまえ……おまえ、オレにキスなんて……！」

慎哉は力いっぱい、友之を振り払った。親友だと思っていた少年が、気持ち悪くてならなかった。

だって、眠っている友人にキスをするような人間なのだ。どうしてなんでもない顔で受け入れられるだろう。慎哉には無理だった。断じて無理だった。

「オレに触るな、変態！　男が……男を好きだなんて……キスするなんて……気持ち悪い。おまえなんて、もう絶交だ！」

「慎哉……！」

悲痛な声で、友之が叫ぶ。

しかし、慎哉は縁側から飛び降り、振り返りもせず逃げ出した。とにかく親友が気持ち悪かった。

同時に、裏切られたと思った。慎哉からのまっさらな友情を、友之は踏みにじったのだ。

——裏切り者……！

それがどんな結果を招くかなんて、慎哉は想像もしなかった。

その後、訪ねてきた友之にも、彼からの電話にも、慎哉は頑《かたく》なに出なかった。それほど、彼からのキス、そして告白に、慎哉は傷ついていた。

そうして新学期が始まって、慎哉は友之と目を合わせもしなかった。友之が切なそうに自分を見ているのがわかっていたけれど、以前のように微笑み返すことなどできなかった。

自分は裏切られたのだ。そのことで頭がいっぱいだった。

それにここまで来ると、仮に許す気持ちが湧いたとしても、慎哉自身もうどうしたらいいかわからなくなっていた。許すにしろ、絶交を続けるにしろ、高校生だった慎哉には自分がどう行動するべきなのか、手に余る事態となっていたのである。

そうして秋。

慎哉が他のクラスの女子から告白を受けた夜、友之は――。


「ぁ……ぁ……ぁ……んんっ、そこ……いい、友之……あっ」

「乳首を弄られるのが好きか、慎哉」

後背位で貫かれながら、慎哉は博之に背後から腕を回されて、乳首を摘まれている。引っ張ったり、指の腹で転がされたり、そのたびに下腹部がジンジンと疼いた。

「好き……乳首、弄られるの……好き……あ、あんっ」

慎哉の反応に、博之は満足そうだ。乳首を弄りながら、慎哉の項に唇を押し当て、囁いてくる。友之になって。

「オレも好きだ。おまえをこうして抱けるなんて夢のようだ、慎哉」

「あ……あぁっ」

腰を打ちつける乾いた音が、寝室に響く。しつこく抜き差しされながら、すっかり『女』に変えられた肉筒を犯される。

「慎哉……慎哉……っ、出すぞ、おまえの中に……！」

「あ、あぁ……友之……っ」

ガクガクと腰を揺さぶられ、最奥を勢いよく突き上げられる。

ドクン、と博之の充溢が膨張した。忌《い》まわしい雄が、慎哉の中で絶頂に達する。

「あ……あぁっっ！」

同時に、前立腺の部分を擦り上げられて、慎哉の果実も弾けた。もう何度かイかされて、薄くなった精液がシーツに滴り落ちる。

慎哉は背筋を仰け反らせて、薄い蜜を吐き出した。

ガクリと腰がくずおれる。シーツに突っ伏し、慎哉は荒く胸を喘がせた。

もう涙も枯れ果てている。

今夜も、友之となった博之に抱かれた。自分を抱いたのは、友之。秋のあの夜、自ら命を絶った親友、友之だった。

ズルリと、力を失くした怒張が引き抜かれた。さすがに三度もイけば、博之も満足したらしい。

そこにタイミングよく電話が入る。

表示を見て、博之が舌打ちするのを、慎哉はぼんやり聞いていた。

「はい、石津です——ええ——ええ——わかった。すぐに行きます」

様子から、それが博之が勤務する病院からのものだとわかる。患者の容体が急変でもしたのだろうか。

受話器を置くと、博之はさっさと浴室に行ってしまう。

しばらくすると身なりを整えて、寝室を覗いてきた。

「おい、わたしはこれから病院に行く。あとは適当に帰れ」

それだけ言うと、足早に出ていく。遠くで玄関が閉まる音を、慎哉はベッドに転がったまま聞いていた。

深いため息が吐き出される。全身がくたくただった。

――友之……。

もしも本当に、こうして自分を抱くのが友之だったとしたら、自分はどうだっただろう。

十六歳の自分と友之が絡み合う。

『慎哉、好きだ……』

『友之、オレも………あっ』

苦く、慎哉は唇を歪めた。無理だった。友之に対して足を開く自分なんて、想像できない。まして や、彼の性器を後ろで受け入れるなんて。愛し合うなんて。

のろのろと身を起こす。過去は変えられない。自分が友之を受け入れることなんてあり得ないし、友之を亡くしたあと、牝犬にならずに済む人生も考えられなかった。

「帰ろう……」

互いの精液に塗れた身体を洗うために、慎哉は浴室に向かった。


タクシーを呼び、自宅アパートまで乗る。電車はまだ走っていたが、乗れるような気力は残っていなかった。

「――ありがとうございました」

礼を言い、タクシーを降りる。明日のために今はもう休まなくてはと、慎哉は俯き加減でアパートの階段に向かった。

疲労した身体を励まして、階段を上がる。三階まで登って、廊下に出た。角部屋が、慎哉の部屋だ。と、スーツのポケットの中で鍵を玩びながら進んでいた脚が止まった。見覚えのある姿が、部屋の前に佇んでいたのだ。

「く……久保田……」

予期せぬ姿に、動揺する。今は――特に博之に抱かれた直後の今は、貴俊に会いたい気分ではなかった。自分がとてつもなく穢《けが》れている気がする。

うろたえた慎哉に、貴俊が一瞬切なげに眉をひそめた。

「悪い、勝手にここまで来て。入れてもらえるか？」

やさしいけれど、どこか有無を言わさぬ貴俊の雰囲気に、慎哉は「帰れ」と言えなくなる。

奥歯をぐっと嚙みしめた。自分が動揺しているのが忌々しかった。博之とのセックス直後だと知られて、なんの不都合がある。

貴俊も知っているのだ。慎哉にどれほどのセックスフレンドがいて、博之という相手がいるということも。

しいて気を強くして、慎哉は顎をぐいと上げた。

「いきなり図々しいな。ルール違反だろう」

逃がさないというように、貴俊がその腕を摑んだ。

§第七章

「なんだよ、おまえ」

慎哉が気だるげに抗議する。

それを無視して、貴俊は強引に部屋の鍵を開けさせて、中に入った。

ドアが閉まると、慎哉がうんざりした様子でため息をつく。

「こんな時間になんの用だよ。出張じゃなかったのか？」

声がかすかに掠れている。疲れたような様子だが、どこか色香の名残りが漂っていた。

まさか、と貴俊はカマをかけてみる。

「……あの男と寝てきたのか？」

「あの男って、誰だよ」

面倒くさそうに、慎哉が訊きながら靴を脱ぐ。

続いて部屋に上がりながら、貴俊はつれない男を問いつめた。

「石津博之——。おまえを高校時代から抱いている男だよ」

そう言った瞬間、慎哉の気だるげだった空気が変わる。ハッとした様子で、貴俊を振り返った。

「おまえ……なに、言って……」

そう言いながら、顔色が青褪めている。明らかに動揺していた。

やはりそうだったのだと、貴俊は唇を引き結んだ。セフレか博之か半々の確率だったが、より深刻な相手は博之のほうだった。だから、彼の名でカマをかけてみたのだ。

慎哉の動揺する様子からも、実際博之が問題なのだとわかる。

それはすなわち、貴俊が調べたことが事実であったのだと、推測できる態度でもあった。

苦々しさと忌々しさが同時に湧き上がる。怒りは、どちらかといえば博之に対してのものであった。

なぜなら、もし、貴俊の調べたことが——そして、そこから導き出したことが事実であったなら、責められるべき責任は博之にあるからだ。

慎哉の目を見つめ、貴俊は自分がいろいろと知ってしまったのだとわかる言葉を告げた。

「——おまえ、贖罪のためにあいつに抱かれているのか、上原」

「…………っっ！」

慎哉が息を呑む。その目は愕然と見開かれていた。

まさか、貴俊がそんなことまで調べてこようとは、思ってもいなかったのだろう。都合よく、いつか自分を壊してくれるセフレだとしか考えていなかったのに違いない。

貴俊は自嘲した。見くびられていたものだ。たしかに自分は慎哉の身体から離れられない事実を露呈してみせた男だったが、それだけではない抱き方をしたはずだ。破滅を望む慎哉をなんとかその思考から引き離そうと、慎哉自身にも貴俊とのセックスに夢中になってもらえるよう抱いた。

それを単に、溺れているだけと思っていたのだろう。

違う。貴俊は慎哉を禍々《まがまが》しい破滅思想から引き剝がしたかった。そしてできれば、もう少し健全にセックスを楽しめるようにさせたかった。

自分を、まるで慎哉のストーカーだと自嘲したこともあった。慎哉がなぜ、あんな暗闇を内包するようになったのか知りたいと思ったし、できればそこから引き離したいとも思った。

自分が慎哉に恋しているのかはわからない。ただ自分は彼を——。

貴俊は一瞬強く、拳を握りしめた。いつか誰かが慎哉を解き放ってやらなくては、いずれこの男は壊れてしまう。貴俊は彼を壊したくなかった。

——壊したくない。

これから自分がすることは、慎哉のために必要なことだった。

けして傷つけたいわけではない。貴俊は静かに口を開いた。

「今日、俺がいなかったのは、出張じゃない。有休を取っていたんだ」

「有休……」

呆然と、慎哉が繰り返す。貴俊の意外な行動に、すっかり毒気を抜かれている様子だった。青褪めた顔で、くずおれるようにソファに座り込む。両手を握りしめているのが痛々しかった。

すぐにも抱きしめて、慎哉を苦しめるすべての痛みから庇《かば》ってやりたかった。

だが、それよりも慎哉を縛める見えない呪縛を取り除くのが先だ。貴俊は続けた。

「勝手だが、おまえのことを調べさせてもらった。おまえが、俺に壊してほしそうだったから……」

「……それなら、オレを壊すために？」

一縷《いちる》の望みに縋るような顔で、慎哉が貴俊を見上げてくる。自分をとうとう壊すために、その過去を調べたのだろうと思ったのだろう。その必死さが哀れで、貴俊の胸を打つ。

それほどまでに自分を追いつめ、壊したかったのか。壊れることでしか逃げられないと思っているのか。

――壊すものか。

貴俊はそっと、慎哉の隣に腰を下ろした。慎哉を力づけるために、握りしめた両手をその上から掌で覆う。そうして、自分がなにを知ったのか語りかけた。

慎哉と博之の関係に、どうしても合点がいかなかったこと。

なぜ、自分を破滅させてほしいと望むのか、知りたかったこと。

「ネットっていうのは、便利なものだな。自力で調べようとしたら難しいことも、キーワードさえわかれば答えを手繰り寄せられる。あとは芋づる式だ」

自殺した博之の弟の線から、当時の同級生、様子などが調べられた。

貴俊は休日を使って、丹念に同級生たちから聞き込みをしていった。

今日の有休は、当時の担任教師との面談のためだ。この日以外なかなか空きがないという教師のために、有休を取ったのだ。

そうして、集めた証言から推測したことを、貴俊は慎哉に語った。

「多くの人たちが、おまえと石津の弟は親友だったと言っていた。本当に仲がよくて……それだけに、夏休み明けの仲違いは不思議だったと」

ビクリ、と慎哉の手が震えた。逃げかけたそれを、貴俊はギュッと握る。

「秋……だったそうだな。石津の弟——友之が自殺したのは。彼と……なにがあった？　石津に抱かれているということは、つまり……」

「そうだよ。おまえが想像した通りだよ」

慎哉が吐き捨てた。泣き出しそうな目が、貴俊を睨んでいた。

「友之は……オレを好きだと言ったんだ！」

血を吐くような叫びだった。

まずい、と貴俊は慎哉を抱きしめた。腕の中で慎哉がもがく。

「放せっ！　なにをする……！」

「友之は、おまえに拒まれて自殺したんだな。彼はおまえに告白したのか。同性相手に」

指摘に、慎哉が乾いた笑いを上げる。

「まさか……。そんな度胸が、ただの高校生のどこにある。――あいつはオレにキスしたんだ。一緒に花火を見に行った夜、寝込んだオレに……キス。それで告白するしかなくなった。それにオレがどう答えたか、わかるか？」

腕の中から、慎哉が貴俊の顔を覗き込む。眼鏡の奥の瞳が不安定に揺れ、泣き笑うような顔をしていた。

貴俊の胸がギュッと痛む。高校生だった慎哉。親友と信じていた相手からの思わぬ告白に、どれほど驚いたことだろう。動揺したことだろう。

慎哉は笑った。自分自身を嘲るように笑って、答える。

「変態と罵ったよ。気持ちが悪いと怒鳴ったよ。だって本当に気持ちが悪かったんだ！　男が男をなんて……キスなんて……。あいつはオレの親友だったんだ。初めて……本当に気の合う友人で、大人になってもずっと、こんなふうに付き合えるかもしれない奴だって思ってた。それが……それが、オレにキス……」

「慎哉……」

抱きしめた身体から、慎哉の動揺、慎哉の嘆きが、自分のことのように伝わってくる。

腕の中で、慎哉は泣いているようだった。啜り泣くように吐息が震え、告白が続いた。

「オレはあいつを拒んだ。拒んだだけじゃなくて、徹底的に無視した。裏切られた気分で、以前のようにはとても話しかけられなかった。それであいつは……あいつは……死んだんだ。オレが、他のクラスの女子に告白された夜、自宅で首を吊って……。

でも、誰もそれがオレのせいだなんて気づかなかった。あいつは……あいつは死ぬ時にもオレを気遣って、ただ失恋したとしか遺書に書かなかったんだ。相手が誰だなんて、一言も……。だから、誰もオレを責めなかった。誰も……」

しかし、たった一人、慎哉を責めた男がいる。

それを、貴俊は知っていた。責めたからこそ、イヤがる慎哉を抱いているのだ。

「……あいつは、どうしてそれを知ったんだ」

問いかけると、もうどうでもいいと思ったのか、慎哉が素直に教えてくれる。

「日記だよ。オレの名前でなくて、イニシャルで書かれていたものだけど、前後の内容から、あの人はそのイニシャルの相手がオレだと気づいた。自分の弟が誰に恋して、どういう可愛らしい夢を持っていて、そうして傷ついたか、あの人はすべて知ってしまったんだ……」

「そうして……おまえを責めたのか」

あまりに残酷な答えだった。十代の少年同士の不幸な行き違い。その哀しすぎる結末――。

しかし、それは重大すぎる影響を、十年の長きにわたって慎哉に及ぼした。

慎哉が弾かれたように、顔を上げる。

「違う！　責めたんじゃない。あれは……あの人の権利だ」

「権利？」

貴俊は眉をひそめる。あまりに違和感のある単語だった。だが、慎哉は真剣だった。

「権利だ。だって、オレが友之を殺したんだ。ひどいことを言って、追いつめて、自殺させてしまった。全部……オレのせいなんだ……」

「だから……だから、あいつの言いなりになるのが当然だと？」

貴俊に怒りが湧き上がる。

博之の弟が死んでから、何年が経っている。

十年だ。

十年もの間、あの男は慎哉に報復を続ける権利があると言うのか。誰のせいでもない、弟の死の責任に対して。

悄然《しょうぜん》と項垂《うなだ》れる慎哉の両肩を、貴俊は摑んだ。違うと否定するために、その顔をしっかりと覗き込む。誰が悪いわけではない。これは不幸な行き違いだったのだ。

「――おまえは悪くない。そりゃあ、もっとやさしい言葉でそいつの告白を断れたらよかっただろうが、十六歳だろう？　突然の告白に動揺して、ついひどいことを言ってしまったとしても仕方がないじゃないか。十六歳なんだ。相手もおまえも、子供だった」

衝動をこらえきれずにキスしてしまった友之も子供なら、その行動に対して驚き、反射的にひどい言葉でなじってしまった慎哉も子供だった。

友人と信じていた相手にそんなことをされたのだ。動転して思わず、罵声を浴びせても仕方がない。そのことで慎哉が責められる謂《いわ》れはない。

だが、慎哉は力なく首を振る。

「でも……オレが友之を殺した。親友だったのに……あんなにひどいことを言って……なじって、無視して……」

「馬鹿野郎！」

貴俊は怒鳴る。その声にこもった怒気に、慎哉がハッとしたように顔を上げた。泣き出しそうな顔だった。

貴俊はたまらなくなる。同時に、慎哉をここまで責めた博之に怒りが湧いた。

博之が弟を亡くしたことはたしかに同情する。自殺なんて、身内なら受け入れがたいだろう。どうしてその前に助けてやれなかったのかと、自分を責めもするだろう。

そうして恨みを、自殺の原因となった人間にぶつけることも当然だろう。

だが、この件に関しては――。

「おまえは悪くない。しいて悪い奴を探すとしたら……俺に言わせれば、死んですべてを終わらせたあいつの弟が一番悪い。たかが失恋で――いいか、たかが失恋だぞ！　世の中には、好きになった相手に振られた奴なんて、掃いて捨てるほどいるんだ。そんな程度のことで自殺して、おまえに一生消えない負い目を背負わせやがった。おまえは奴が同性愛者だと、みんなに言いふらしたのか？　学校で、変態野郎だと罵ったのか？」

「まさか、そんな……」

とんでもないと、慎哉が目を見開く。小さく首を振りながら、呟くように続ける。

「オレはただ、この先どうしたらいいか迷って……親友を失くしてしまったことで頭がいっぱいで……。裏切られたって、そればっかり……」

途方に暮れたような呟きが、十六歳当時の慎哉を表しているようで、貴俊は切なくなる。友之も苦しんだだろうが、十六歳の慎哉も彼と同様苦しんだのだ。

それは、ごく当たり前の反応だった。どうしてそれを責められる。

貴俊はギュッと、慎哉を抱きしめた。慎哉を傷つけるすべてのものから、彼を守りたかった。

実際、慎哉は悪くないのだ。悪くない。ただ、時が悪かった。

「――十六歳だったんだ。おまえも、そいつも、子供だった。子供だったことが不幸だったんだ。奴も生きていれば、きっとそのことがわかったはずだ。あまりにも子供で、だからこうなってしまったんだと。奴が死に逃げさえしなければ、きっと……」

もう少し大人であれば、友之も衝動に負けてキスなんてしなかったかもしれない。つらいだろうが、親友の立場を必死に守ったかもしれない。

慎哉だって、もっと大人であったなら、親友からのいきなりの告白に罵声など浴びせなかったかもしれない。驚き、戸惑いはしても、もう少し穏やかに断れたかもしれない。

だが、友之も慎哉も十六歳で、どちらも子供だった。思春期の、繊細な時期だった。

それが生んだ不幸だったのだ。

「子供……」

慎哉が呟く。頼りない瞳が、貴俊を見上げた。

「でもオレは……あんなに友之の想いを嫌悪したのに、博之さんに抱かれて……何度も抱かれて……男同士のセックスに感じるようになって、他……他の男たちにだって自分から抱かれて、感じて……。結局、オレに友之を罵る資格なんてなかった。友之以上に変態で……男に抱かれて喘いでいる変態で……それなのに……それなのに……」

「違う！　それは単に、セックスに慣れただけのことだ。ましてやあいつは、おまえを苦しめる目的で抱いたんだろう？　それなら、最初からおまえが男に抱かれて感じるように、いろいろな工夫をするに決まっている。それはおまえがおかしいという証拠じゃない。セックスなんていうのはそもそも、コツを摑んでやれば気持ちがいいもんなんだ。たとえ男同士であっても。でなきゃ、どうして同性でやるってのが昔っから存在しているんだ。そうだろう？」

貴俊は必死だった。今の慎哉はどこか頼りなげで、ここで貴俊が言葉を間違えたら、慎哉がどこか別の場所に行ってしまいそうな危うさがあった。

もともと、破滅願望のあった男だ。

その破滅願望も、理由を知ってみれば無理もないものであった。

慎哉は、博之から逃げたかったのだ。物理的には不可能だから、せめて心だけでも彼から逃れたかった。それは破滅して、心狂わせることでしか不可能なものだった。

そこまで慎哉は追いつめられていたのだ。十年に及ぶ、博之からの淫蕩な暴力に。

狂わせるものか。心壊させるものか。

貴俊はしっかりと、慎哉の全身を抱き竦めた。腕の中で、慎哉が呆然と呟く。

「オレは……おかしくない……？　博之さんに友之のことで責められて、弟の代わりにって、は、初めてあの人に抱かれた時も……苦しくて、痛かったのに……気持ちいいとこもあって……感じるくせにって、責められた。男に犯されて感じているくせに、弟を変態だと罵ったのかって……イかされながら、責められた。そういうオレはやっぱり……やっぱりおかし……」

「おかしくない！」

貴俊は途中で言葉を奪って、怒鳴った。とぎれとぎれの慎哉の告白で、博之がどんなふうに慎哉を脅し、どうやって慎哉を辱めたのか垣間見えて、怒りが湧く。

だがそれ以上に、傷つけられた慎哉に、悪くないのだと教えたかった。

貴俊は懸命に、言葉を繋ぐ。

「あいつは当然、おまえを感じさせるように抱いたのだろうし、それに、おまえだって聞いたことはあるだろう？　前立腺マッサージって言って、後ろから指を挿れて、前を勃たせてやるやり方があるんだよ。ヘルスのメニューでもやってる。つまり、元々男の後ろだって、中に感じる場所ができてるんだ。挿れられて気持ちがいいってのは、つまりそういう理由もあるわけで……だから、おまえを変態だと言うなら、男すべてが変態ってことになる。だろ？」

「男全部……？　く、久保田も後ろで気持ちよくなるのか？」

むろんだと、貴俊は大きく頷いた。

「インポになった奴が、後ろを弄ってもらって前を勃たせたなんて話もあるんだ。当然俺だって、やってもらえば勃つさ。まあ……まだインポになったことはないから、試したことはないけどさ」

そうして、慎哉の耳朶に唇を寄せて、囁く。

「――おまえ、俺にやってみる？　おまえにならら、俺も試されてもいいぞ」

「久保田……」

驚いた様子で、慎哉が貴俊を見上げる。それに貴俊は、悪戯っぽく笑ってやった。

「こういうの、なんて言えばいいのかな。……おまえにならば別に、される側になってもいいぞ、俺は」

「なんだよ、それ……」

慎哉もつられたように、泣き笑う。

泣き笑いでも、笑ってくれたのが嬉しくて、貴俊は胸を切なくさせる男の頬を片手で包んだ。トラウマを癒してやるなら、今だと思った。そのためなら、自分が傷ついても関係ない。

慎哉をじっと見つめて、貴俊は心に浮かぶままの言葉を彼に向けた。自分でも驚くほど、素直に浮かんだ言葉だった。

「……大人になった今なら、きっとおまえもやさしく断ってくれるだろう？　始まりはセフレだったが……どうやら俺は、おまえを……好きだ、上原。俺だけの上原になってもらいたいと思っている。そんな俺は気持ち悪いか？」

「久保田……」

するりと出ていった告白に、慎哉が大きく目を見開いた。彼は、貴俊の告白をどう思っただろう。

一瞬間を置いて、首がぎくしゃくと横に振られる。

「好きって……なんで。オレは…………だって、オレの話は聞いただろう？　調べたんだから、なにをしたかも知っているだろう？　それに、オレがおまえを誘ったのは……」

「わかっている。壊してほしかったんだろう？　自分をメチャクチャにして、破滅させてもらいたかったんだろう。だから、同じ会社の俺をあえて選んだ。だが、始まりなんてどうでもいい」

そうだ、どうだっていい。始まりよりも、今、自分がどう思っているかのほうが重要なのだ。

きっぱりと言い切った貴俊に、腕の中の慎哉が怯えたように小さく震える。

逃さないように腕の中に囲って、貴俊はできるだけやさしく、自分でもわかったばかりの想いを慎哉に伝えた。

「好きだよ、上原。……でも、答えてくれなくてもかまわない。俺が勝手に、おまえを好きなだけなんだから。ただ……おまえの助けになれれば……おまえがあいつの呪縛から逃れることができれば、それでいい。

すべてを知った上の本心から言う。いいか、おまえは悪くない。不幸な行き違いがあっただけで、おまえは少しも悪くないんだ、上原」

「久保田……」

力なく、慎哉が呻く。赦しの言葉は、貴俊からのものでは意味がないかもしれない。

しかし、何度でも貴俊は言ってやりたかった。負わなくてもいい負債を、十年も返し続けた彼に、もういいのだと伝えたかった。

「ふ……」

小さく、慎哉がしゃくり上げる声が聞こえた。震える吐息と、啜り泣く声も。

届いただろうか。貴俊の心からの慰めが。

貴俊は無言で、慎哉を抱きしめた。

「……おまえは、馬鹿だ」

しばらくして、慎哉が小さく言う。

貴俊はクスリと笑った。馬鹿でよかった。慎哉を救えるなら、自分がどんな間抜けな役回りになってもどうでもいい。こんなふうにこの男のことを想うようになった自分が、不思議だった。

だがそれを言うなら、恋などというものはそもそもそういう不思議なものだろう。

「いいよ、馬鹿で」

そう言って、慎哉の背を撫でる。

慎哉は泣いたせいで赤く腫《は》れた目で、貴俊を見上げた。眼鏡をかけたままだったせいで、レンズにも涙がついている。

目元をグイと拭い、慎哉が口を開く。

「おまえなんて好きじゃない。ちょうどいいタイミングで女に振られていたから、利用しただけだ。

——そう言われても、おまえは平気なのか？」

「平気だ。ついでに言えば、そんな程度で俺は自殺なんてしないよ」

貴俊は平然と嘯《うそぶ》く。慎哉の憎まれ口が可愛かった。

慎哉は憮然として続けた。

「自殺しないで、なにをするんだよ」

「決まってるだろう？　何度でもへこたれず、おまえをくどくんだよ」

大きく微笑んで、慎哉の鼻先にキスをする。

パッと、慎哉が赤くなった。鼻を押さえ、大きな声を上げる。

「な、なにするんだ！　オレはおまえを利用したと言ったんだぞ」

貴俊は軽く肩を竦めて、言ってやった。

「俺にしてくれてよかったよ。おまえを知らないまま一生を終えたかもしれないなんて、ぞっとしないな」

「なんで……」

小さく笑った貴俊に、慎哉の唇が震える。

と、耐え切れなくなったのか、眼鏡を外し両目を覆った。

貴俊はそっと、慎哉を再び抱きしめた。抱きしめて、その髪を、背を撫でる。

慎哉は震えていた。泣いていた。

泣きたいだけ、泣かせてやりたかった。やっと会えた、これが素の慎哉だったからだ。十年、泣けなかった慎哉だったからだ。

ただ黙然と、貴俊は慎哉を泣かせ続けた。


どれくらい泣いていたのだろう。泣きすぎて、慎哉の頭はぼぉっとしていた。

顔を上げると、眼鏡を外していたせいで、貴俊がぼんやりとして見える。

クスリ、と貴俊が笑った気がした。大きな温かい掌が、頬を包む。

「少し、すっきりしたか？」

「……ぁ」

なにか言おうとして、慎哉は声が掠れていることに気づいた。泣きすぎて、顔も、身体も熱い。

けれど、不思議なことに、どこかすっきりとした気分がした。十年分の澱《おり》を洗い流したとでもいうのだろうか。

――おまえは悪くない。

そう何度も言ってくれた貴俊の言葉が、脳裏に蘇る。

――悪くない……。

本当にそうだとは、今でもやはり思えなかった。友之を追いつめた事実は覆《くつがえ》せないし、自分のせいで親友が自殺したことも消せない事実だ。

けれど、なぜだろう。切迫するほどに自己を断罪する思いは、薄れていた。

十六歳――。

友之も、自分も、子供だった。本当に子供だった。

慎哉は、同性を好きになるなんて夢にも思っていなかったし、友之も切羽詰まって必死だった。

――友之……。

今なら、親友の気持ちがわかっただろう。同性でもなんでも、人は誰かを愛することができるし、それは少しも異常なことではない、と。

そのことを懸命に教えてくれた男を、慎哉は仰ぎ見る。闊達《かったつ》で、人が善く、慎哉のようなとんでもない男にも一生懸命になってくれる男――久保田貴俊。

こんな慎哉を、彼は好きだと言ってくれた。

凍え切っていた胸に、ほんのりと火が灯るような告白だった。

付き合っていた彼女に振られたとはいえ、貴俊は充分にいい男だ。自分などを好きにならなくても、貴俊を必要とする女性はいくらでもいるだろう。

穢れ切った自分と違い、貴俊はこの先いくらでも幸せになれる。

急に気まずくなって、慎哉は泣き濡れた目元を慌てて拭い、貴俊から離れようとした。

自分は、彼に相応しくない。

しかし、背中に腕を回していた貴俊は、慎哉を逃してくれない。それどころか、

「俺が嫌いなら離れてくれていい。でも、少しでも俺に対して気持ちがあるなら……」

どこか希《こいねが》うような、押し殺した囁きだった。

その囁きに内包された熱に、慎哉は目眩がする。

十年前、友之にキスされた時には、ただただ気持ちが悪いとしか思えなかった。

けれど、十年が過ぎ、充分以上に男との行為に耽溺したあとの自分は、貴俊からの求めに全身が溶けて崩れそうになっている。

男を知ってしまったからか。男に抱かれることに、悦びを覚えるようになったからか。

それとも博之を始めとした数限りない男たちに抱かれているうちに、心まで女のように頼りなくなってしまったのだろうか。

涙腺が完全におかしくなっていて、慎哉の目尻にまた涙が滲んだ。それを貴俊がやさしく、指で拭ってくれる。

その手に、頬を擦りつけたい気持ちを、慎哉はグッとこらえた。

自分は女ではない。身体は牝犬になっても、心まで牝犬になったわけではない。

そう己を叱咤《しった》する。叱咤するけれど、涙がまた滲む。

掠れた囁きが自分の唇から零れ落ちるのを、慎哉は止められなかった。

「オレは……」

「オレはビッチだ。誰にだって足を開いてきたし、女のように抱かれて悦んで喘いできた。博之さんに贖罪のために抱かれただけじゃない、もう顔も覚えていないような連中に、この身体を投げ与えてきたんだ。それで悦んで……オレは身も心も穢れている」

とても貴俊のやさしさに値するような人間ではない。

その言外の意味を読み取ったのか、貴俊がフッと目尻を細めてくる。

「自分を許せなかったんだろう？　穢すことで、自分自身を罰したかったんだろう？　それは贖罪であって、ビッチとは言わない。現に、身体と心がこんなにバラバラになって、苦しんでいるじゃないか。――俺はね、上原、おまえが綺麗だから好きになったんじゃない。綺麗であっても、汚れていても、おまえがおまえだから好きになったんだ。泣いていたら慰めてやりたいし、苦しんでいるのなら少しでもおまえの心を軽くしてやりたい。それができないなら、一緒に苦しみたい。……まあ、できれば俺を好きになってくれたら幸せだけど、そうでなくても、俺はおまえにもう少し楽になってほしいんだよ。あんな男からの脅しなんて無視して、おまえの人生を生きてほしい。そうなってくれたら、それで充分嬉しいんだ。正直……誰かを好きになってこんな気持ちになったのは初めてだよ、上原」

そう言うと、貴俊が照れくさそうに笑う。

好き、という感情のやさしさに、慎哉は涙が零れ落ちる。

胸を切り裂くような『好き』しか知らなかった慎哉に、貴俊の包み込むような愛情は痛かった。苦しくて、叫び出したくなってしまう。

その想いに包まれていいのだろうか。好きという言葉に甘えてしまっていいのだろうか。

もし、友之が赦してくれるなら――。

貴俊を見つめながら、慎哉は今は亡き友に赦しを請う。

――オレが……オレと同じ同性を好きになってもいいだろうか、友之。

あんなに親友を拒んだのに。

あんなにひどい言葉を投げつけたのに。

けれど、もうダメだった。自分の愚かさも含めて、すべてを包み込んでくれる男を前に、心を閉ざし続けることなんてできない。

慎哉の唇が震えた。

「オレが……一人で幸せになんてなれると……思うのか？　おまえが教えてくれるのでなけりゃ……あいつの死の呪縛から……逃れることだってできなかったオレが……」

「上原……」

「慎哉だ。オレを恋人にしてくれるなら、名前で呼んでくれないといやだ、貴俊……！」

貴俊と名前で呼んだ瞬間、強い力で抱きしめられた。背骨が折れるかと思うほどの勢いで、ギュッと抱き竦められる。

「慎哉……慎哉、好きだ」

「あ………ん……ん、ふ」

乱暴に、口づけられる。うっとりするような強引なキスだった。

唇を開いて、慎哉は自分から貴俊の舌を受け入れる。夢中になって舌を絡めて、貴俊からの激情を貪った。

罰でもない。蹂躙でもない。求められているから、愛があるからこそのキス――。

それだけで、身体が一気に熱を帯びる。キスの合間に、貴俊が囁く。

「慎哉、欲しい……」

その思いは、慎哉も同様だった。心だけでなく、身体でも貴俊とひとつになりたかった。

しかし、ジャケットを脱がされ、ネクタイを弛められて、慎哉はハッとする。

「あ、待って……オレ、今夜は博之さんと……」

ついさっきまで、博之に散々抱かれてきたことを思い出す。恥ずかしいほどに喘がされ、泣かされ、そして、友之の名を口にさせられた――。

また泣きそうな顔をしていたのだろう。貴俊がやさしく——やさしすぎるほどにやさしく、慎哉に微笑んでくれる。

「関係ない。俺たちには心がある、そうだろう?」

「心……」

慎哉はじっと、貴俊を見つめた。博之とは贖罪のセックス。だが、貴俊とは愛し合うための行為。

黙り込んだ慎哉に、貴俊がふと心配そうに問いかける。

「だが、慎哉が気になると言うなら……」

「いいや、気にならない。おまえがいいと言うのなら、オレは……」

しゅるり、とネクタイを外された。ワイシャツのボタンをひとつひとつ、貴俊の長い指が外していく。

上半身を裸にして、貴俊がクスリと笑った。

「いくらがっついているからといって、ソファでやることもないか。馬鹿だな、俺も」

そう言って、慎哉の手を引いて立ち上がる。キュッと、握る手が強められた。

「ベッドに……いいか、慎哉。本当は、おまえを休ませてやったほうがいいんだろうが……」

「そんなことを言ったら、オレのほうがおまえを襲ってやる」

慎哉はジロリと、貴俊を睨んでやった。本気ではない。その証拠に、睨む瞳が潤んでいる。

慎哉だって、貴俊が欲しいのだ。自虐的な意味ではなく、破れかぶれの気分でもなく、愛しいから貴俊が欲しい。貴俊に愛されたい。

男と寝るのに、初めての気持ちだった。

「こっちだ」

慎哉は貴俊の手を引いて、寝室に案内した。寝室といっても小さな部屋だ。男の一人暮らしの1LDKだ。ホテルのように洒落てもいない。

しかし、今まで抱き合ってきたホテルよりも、心臓がドキドキした。

寝室に入ると、貴俊が慎哉のベルトに指をかけてきた。まさか、全部貴俊が脱がせようというのか。

恥ずかしくなって、慎哉は「いい」と止めた。

「自分でやるから……」

だから貴俊も自分で脱げとでもいうように、チラリと視線を送って、慎哉は自分のベルトに触れた。

貴俊はふっと笑って、慎哉から手を引く。黙ってシャツのボタンを外し始めたのにホッとしながら、慎哉もベルトを弛めていった。

二人して、黙って裸身になる。慎哉の身体には博之がつけた無数の痕があった。

それが後ろめたくて、慎哉はそそくさとベッドに上がる。

だが、隠そうとした身体を、貴俊に止められた。

「——見ろ」

その言葉に促されて視線を向けて、慎哉は息を呑んだ。貴俊の下腹部で、その欲望が隆々と勃ち上がっていたからだ。

「言っただろう？　どんなおまえでも好きだって……」

欲しいのだと、言葉が、身体が、訴えていた。

慎哉の胸が喘いだ。自分がどんな人間かわかった上で、貴俊は慎哉を求めてくれている。求められている。

ゆっくりと上に伸しかかられ、慎哉は息も止まる思いで、その重みを受け止めた。

肌と肌が触れて、それだけで心臓が跳ね上がる。博之に搾り尽くされたはずの果実がむくりと芯を持つのを、恥ずかしい思いとともに感じ取った。

どうしよう、ドキドキする。

貴俊とはもう何度も抱き合っているというのに、まるで初めてのような戸惑いだ。

「どうした、慎哉？」

頬を撫でて、貴俊が訊いてくる。それだけで、慎哉はカアッと赤くなった。

「……訊くな」

恥ずかしくていたたまれない。

目をギュッと閉じると、貴俊はそれ以上しつこく訊いてはこなかった。

代わりに、キスが落ちてくる。額に、頬に、鼻先に、唇に、顎に、首筋に、胸に――。

「……ぁ……んっ」

味わうようにやさしく、胸の粒を舐められる。それから吸われて、またキスされた。

ヒクン、と下肢が揺れる。勃ち上がったそれを、貴俊の大きな手で包まれた。

「慎哉、可愛い……」

丁寧に、丁寧に愛された。

慎哉はたまらなかった。両足を広げられて、耐え切れないほどの羞恥に襲われる。

「やっ……」

けれど、はっきり拒絶なんてできなくて、両手で顔を覆った。いやだけど、いやではない。恥ずかしいけれど、してほしい。

全身が朱に染まっている。後孔はもうとっくに、貴俊を求めてひくついていた。

すでに博之に何度も広げられて、弛んでいるせいもある。

そのことに思い至り、慎哉は涙ぐんだ。自分は汚いと思った。こんなに汚いのに貴俊に愛されるなんて、いいのだろうか。

やっぱりいけない。そう言いかける。

だが、耳元に貴俊の切迫した求めを囁かれた。

「ごめん、慎哉。もうもたない。挿れてもいいか？　おまえの中で……イきたい」

「……ぁ」

軽く指を挿れられた花襞が、ジンと疼いた。反り返った花芯がヒクヒクする。

汚くても、綺麗でも、この男は自分を求めてくれる。欲しがってくれるのだ。

いいか悪いかなんて、決めるのは慎哉ではない。貴俊がいいのなら、自分は大丈夫なのだ。

コクリ、と慎哉は頷いた。涙が盛り上がった。

「ん……いいよ、来てくれ……」

貴俊が欲しいのなら、自分はいつだって彼のものだ。

「慎哉……」

男らしい筋肉の載った貴俊の胸が喘ぐように上下した。グイッとやや乱暴に、両足を胸につくほどに押し開かれる。

だが、その乱暴さが逆に、慎哉を煽った。焦るほどに求められていることが、悦びを誘う。

「貴俊……あ……あぁ……あぁぁっ！」

「ん……くっ、慎哉」

ズブ、と花筒に貴俊の男根が押し入ってきた。逞しいモノがギチギチに肉襞を押し開き、身体をひとっに繋げていく。

「慎哉……っ」

「……あぅ、っ……あ……んんっ」

ほとんどひと息に、慎哉は貴俊に貫かれた。猛々しく漲《みなぎ》ったモノが最奥までみっちりと、慎哉を満たしている。ドクドクと脈打っている。

信じられないほどの陶酔感が、慎哉をいっぱいにした。男に抱かれて、こんなに幸せを感じたことなどなかった。

貴俊が慎哉を愛してくれて、慎哉もそんな貴俊を求めたからこそ味わえる眩暈《めまい》のするような陶酔だった。

自然と、慎哉の唇から恥ずかしい言葉が洩れた。恥ずかしいけれど、幸福を確認する言葉だった。

「あ、あぁ……貴俊……オレの中……貴俊で……いっぱい……ん、ふ」

「慎哉……なんて熱い……あぁ」

震えるような熱い吐息が、耳朶に届く。

慎哉の背筋がゾクゾクした。貴俊が感じている。自分の中に包まれて、貴俊が感じてくれている。

その自覚が、さらなる悦びを慎哉にもたらした。

「あ、あ……んん、っ」

「くっ、慎哉……中がうねって……うっ、すごい」

貴俊が、慎哉の上で仰け反る。うねるような中の動きに、きつく眉がひそめられている。

嬉しい。自分の身体が貴俊を悦ばせることが、嬉しい。慎哉の身体がいっそう蕩けた。

その腿裏を、抱え上げられる。

「慎哉、動くぞ……」

汗を滲ませた男くさい微笑を、貴俊が慎哉に向けた。息を弾ませながら、ゆっくりと腰を使い始める。

「あっ……あぁ、貴俊……あ、あ……んんっ」

声が止められない。

貴俊を受け入れたことで潤んだ内部が、擦り上げられることでいっそう熟《う》んで、蕩けていく。絡みついて、怒張に引きずられるように揺り動かされる。

抱きつこうとした腕を、貴俊はベッドに縫いつける。

「慎哉……おまえも、俺で気持ちよくなってくれ」

「やっ……あんっ……あぁ、やぁっ」

チュッと、胸に吸いつかれた。腰を使いながら、胸を唇と舌で愛撫される。

時に、深く突き入れた腰を回して、逞しい腹筋で慎哉の反り返った花芯を捏ねるように愛撫したりもしてくる。

全身が、貴俊から激しく愛された。慎哉は腰を揺らし、自分を貫く怒張を食いしめることで、必死に応えるしかない。

「あ……あ、貴俊……イく……イ、く……っ」

耐えることなどできなかった。

貴俊の、慎哉を穿つ動きが激しくなる。

「慎哉……オレもだ。オレも……一緒にイこう……っ」

胸から唇が離れ、強く抱きしめられる。ガクガクと腰が揺さぶられ、慎哉は全身で貴俊にしがみついた。

「貴俊……あ、あぁ……あぅ、っ」

柔襞を強く抉られ、身体の深い部分から全身が痺れていく。ヒクヒクと、感じ切った襞が貴俊自身に絡みついた。

突き上げられるたびに身体がずり上がり、脳髄が痺れる。貴俊と溶け合う。イく。

慎哉は痙攣するように戦慄きながら、思い切り背筋を仰け反らせた。

「あっ……あぁぁぁぁ――……っっ！」

「慎哉……っ！」

身体が浮くほどに突き上げられた。

その最奥で、ドクリと貴俊がひときわ逞しく膨張し、爆発する。

迸る絶頂に奥の奥まで抱かれた瞬間、慎哉からも悦びの蜜が飛び散った。

「あ、あ、あ……あぁ、貴俊……」

「……くぅ、慎哉！」

耳元に、貴俊の呻きが聞こえる。慎哉で感じて、慎哉で達した呻きだった。

慎哉も胸を激しく喘がせる。全身がどろどろに溶けて、どこまでが自分で、どこからが貴俊かわからないほどひとつになった実感に包まれていた。

それは、これまでのどのセックスとも違う行為だった。生まれて初めて、心から求めた人と結ばれた行為だった。

「貴俊……」

ギュッと、慎哉は自分に覆いかぶさったままの貴俊を抱きしめた。愛しくて、甘切なくて、いつまでもずっとこのまま繋がっていたかった。

これこそが本当に身体を繋げるということ。

そのことを、慎哉は貴俊によって教えられる。

「……慎哉、愛している」

囁きに、涙が一滴《ひとしずく》、目尻から零れ落ちる。

――嬉しい。

それは喜びの涙だった。


すやすやと、慎哉の寝息が聞こえる。狭いベッドに、貴俊は慎哉と二人、横たわっていた。

疲労し切った慎哉は、気を失ったように寝入っている。

当然だろう。博之の蹂躙を受けた上、貴俊とも身体を繋げたのだ。

だが、心は満たされていた。慎哉の寝顔には、いつもの皮肉げな笑みではなく、幸せそうな安らぎが漂っている。

自分がそうできたことが、貴俊には嬉しかった。しかも、慎哉を十年前の呪縛から解放したのみならず、貴俊自身までをも受け入れてもらえたのだ。

「慎哉、けしておまえを泣かさない……」

自分と結ばれて幸せだったと思ってもらえるよう、努力する。慎哉はもう充分、苦しんでいた。

あとは、心だけでなく、実際に博之とどう関係を断つかだ。

それに当たって、貴俊にはひとつ気になることがあった。

もし、貴俊の想像が当たっているのなら――。

「必ず、おまえをあいつから解放してみせる……」

眠っている慎哉にそう誓い、貴俊はその頰に口づけた。

§第八章

「車の鍵はこっちに……」

慎哉が予備の鍵の在り処を、貴俊に教える。すでに、室内の盗聴器の設置は終わっていた。

二人が忍び込んだのは、博之のマンションだった。慎哉が暗証番号を知っていて、鍵も持っていたからこそ可能だった侵入だ。

すでに心の中の整理をつけたのか、慎哉の様子に迷いはない。

博之の職業が医師であったことは、幸いだった。おかげで、こうやって仕掛けをする時間を取れる。

地下駐車場に停めてあった車にもＧＰＳと盗聴器を仕掛けて、貴俊と慎哉は車の鍵を部屋に戻してから、マンションをあとにする。

「これでなにかわかるといいんだが……」

マンションを離れて、慎哉が呟いた。貴俊も同じ心境だった。

すべては、心結ばれた翌日から始まったことだった。

あの日の翌朝、貴俊は自身の疑惑を慎哉に打ち明けたのだ。

疑惑――友之の生存の可能性を。

きっかけは些細《ささい》なことだった。

調べていくうちに、友之と慎哉の同級生たちの誰からも葬式の話が出てこなかったことに、貴俊は気がついた。

もちろん、それだけで特になにかあるとは思わなかったが、ほんの思いつきで、あえて葬式の様子を訊いてみた。しかし、参列した同級生は誰もいなかった。こういう時に代表で、いかにも参列しそうなクラス委員長ですらもであった。

死因が死因だったので、家族だけで密葬すると言われたことに、当時誰もが納得したようだった。

しかし、貴俊にはどうも引っかかった。というのも、石津家の近所に聞き込みをしてみても、友之の葬儀の話になると曖昧《あいまい》な記憶しかないようだったからだ。

たとえ密葬でも、大きな総合病院を経営しているような石津家ほどの家なら、それなりの葬儀にはなったはずだ。

それなのに、葬儀をしたのかどうかもあやふやな記憶しか周囲にないというのが、腑に落ちない。ましてや、普通の死因ではないのだ。近所の記憶に残っているのがむしろ自然だろう。

貴俊の実家のほうがもう少し開けているが、それでも母親たちのご近所情報網はなかなかのものがあった。慎哉の住む町なら、なおさらのはずだ。

それで気になって、石津家の墓所にも足を運んでみた。

そこで不審が、はっきりとした疑惑に変わった。

立派な墓石に、何代かの戒名は刻まれていたが、友之らしきものは見当たらなかったのだ。いくら密葬でも、戒名すら墓石に刻まないなんておかしい。

それで急いで、地元の図書館に向かってみた。そこで新聞を調べ、当時の記事を確認しようと考えたのだ。

その結果に、貴俊はますます疑惑を深めた。

自殺を図って重体の記事はあっても、その後どうなったかの記事はなかったのだ。

自殺未遂の記事をネットで見て、すっかり友之は自殺したのだと早合点していたことに、貴俊は臍を噛んだ。

そうして、改めて考えた。果たして、友之は本当に死んだのだろうか、と。

なんといっても、戒名がないのがおかしすぎる。

それらの点を踏まえて当時のことを貴俊に訊かれ、慎哉も眉をひそめた。

「自殺したって、大騒ぎになって、それで……そう、たしか担任に確かめに行った。その時は……あまり騒がないようにと言われて……ご家族がそっとしておいてほしいからと……」

記憶を手繰ると、慎哉も当時の曖昧さを思い出した。友之の自宅にひそかに行ってみたが、葬儀の様子はなかったことも思い出す。

そうこうするうちに、自殺騒ぎも鎮まり、誰も話題にすることがなくなっていった。

友之は二度と現れることなく、誰もが死んだのだと思っていった。

慎哉自身も――。

「でも、戒名がなかったんだよな……」

「ああ。いくらひそかに葬ったとしても、おかしいだろう」

貴俊の疑問に、慎哉も頷く。

しかし、今度は二人で石津家の実家を調べても、なにも怪しい点は浮かばず、考えた末、博之を張ってみることにしたのだ。

両親と違って博之ならば、慎哉の持つ鍵と暗証番号でマンションに侵入可能なことも大きかった。

それに、もう一人息子がいたことなど忘れた様子の両親に比べて、十年が過ぎてもいまだ慎哉に対して恨みをぶつけている博之のほうが、弟に対する情があると思ったからだ。

もし、友之がなんらかの形で生きているのなら、この兄が放っておくはずがない。必ず、なんらかの形で連絡を取っているはずだった。

「――なにか出てくればいいんだがな」

呟いた貴俊に、慎哉が無言で頷く。もしも友之が生存しているのなら、どれほど嬉しいだろう。

いくら貴俊が、慎哉に悪くないと言ってくれていても、生きているのなら、なんとか謝りたい。

子供だった自分を。友之を傷つけてしまった未熟さを。

そうしてこそ初めて、慎哉自身も十年の呪縛から脱却することができる気がした。


そうして十日あまりが過ぎて――。


その間、一度来た博之からの呼び出しを、慎哉は監査のための残業を理由にして断っていた。博之に別れを切り出したいところではあったが、友之のことが気にかかり、またそれがはっきりすればこちらの切り札にもなり得ることから、貴俊と話し合って決めたのだ。

博之との関係を断ち切るのは、簡単なことではない。十年もの間、慎哉を縛りつけ続けた男だった。慎重に動かなければ、博之がどう出るか知れない。確実に彼を納得させるためには、焦りは禁物だった。

幸い、医者という忙しい職業の博之は、そう頻繁に慎哉を呼び出すことはできない。

とはいえ、断るにしても一度か二度がせいぜいだろうから、その間に友之の生存を知るための取っ掛かりが摑めることを、貴俊も慎哉も祈っていた。それでわからなければ、なんの切り札もないままに博之と対峙しなくてはならない。

さすがに、証拠を摑むまでの時間稼ぎのためでも、慎哉が博之と再び身体を重ねるのは耐えがたかった。慎哉自身も、貴俊も。

そんな焦りと不安が同居した十日間の末、とうとう博之が動いたのだった。

貴俊も慎哉もホッとした。動いたのは、博之の車に取りつけたＧＰＳだった。

それを辿るうち、車が向かったのは東京近郊の病院であったとわかった。

どういうことだろうか。慎哉が知る限り、それは貴俊が当直で通うリストに入っていない病院だった。

「病院か……怪しいな」

貴俊の呟きに、慎哉の鼓動が速まる。もしもそこに友之がいるとしたら、自殺未遂のあと相当な後遺症があった可能性がある。

リハビリのためにそこにいるのか、それとも――。

俯いた慎哉の肩を、貴俊が軽く叩いた。励ますように。

「まあ、とにかく今度の休日に行ってみよう。確かめないことには、白か黒かはっきりしないんだからな」

あえて明るく言ってくれた貴俊に、慎哉はなんとか笑みに似たものを浮かべる。

貴俊の言うとおり、とにかく調べるよりほかないのだ。

そうして二日後の土曜日、慎哉は貴俊とレンタカーを借りて、問題の病院に向かった。


地元でしか運転はしていないというわりになめらかな動作で、貴俊が車を走らせる。

都内から四時間程度で、その病院に着いた。

比較的新しい建物だが、小ぢんまりとした病院だ。

「――さて、行くか」

貴俊がすたすたと、病院の建物に向かう。そのあとを、慎哉は急いで追いかけた。

どう訊き出したらいいのだろうかと迷っていた慎哉をよそに、貴俊はあっさりと院内で看護師に話しかける。

「すみません。友人がここに入院してるんですが、病室を教えてもらえませんか？　石津友之というんですが」

そんなはっきり訊いて大丈夫なのだろうか。慎哉は内心慌てた。

しかし、看護師のほうは見舞客に慣れているようだった。

「石津さんなら三〇六号室ですよ」

すんなりと教えられた答えに、慎哉の心臓が大きく音を立てて鳴った。

友之がいる。本当に、生きた友之がいるのだ。

「三〇六号室ですか、ありがとうございます」

にこやかに礼を言って、貴俊はさっさと階段に向かう。

看護師が見えなくなってから、慎哉はホッと息を吐き出した。

「あんなにあっさり教えてもらえるとはな……」

「そりゃあ、教えるだろ。見舞客に訊かれるなんて、よくあることだろうし」

「それはそうだろうが……」

貴俊のほうは慎哉への調査でこういうことにはすっかり慣れているようだが、初めての調査に構えていた慎哉は拍子抜けする思いだ。

しかし、友之は生きていた。

無意識に、慎哉は自分の胸を押さえた。階段を上がりながら、ポツリと呟く。

「生きていたんだな、友之……」

「灯台もと暗しっていうか……こんな近くにいたとはな。よくも隠しておけたものだ」

貴俊が苦い口調で首を振る。眉間には、険しい皺《しわ》が刻まれていた。

貴俊にしてみれば、生存している弟のことを隠して慎哉を十年間も蹂躙し続けたことが許せないのだろう。

だが、十年が過ぎても入院したままであったことに、慎哉の心が重くなる。無事な姿……とは言えないだろうと思う。

死にはしなくても、正常な暮らしは送れていない。そのことに博之が怒りを覚えていても、当然だった。

友之は、どういう状態なのだろうか。

重い足取りで、慎哉は階段を上がった。三階まで上がり、廊下に出る。

三〇六号室――。

それが、友之の病室だ。

少し歩いたところで、そこは見つかった。土曜だというのに見舞客が少ないのか、病院自体がひっそりと静まっている。

もしかしたら、友之のような不都合な点のある患者を受け入れる類《たぐい》の病院なのかもしれなかった。

不都合だから、見舞客も少ない。

堅くなった慎哉をちらりと見やり、貴俊が静かにノックする。

応えは返らず、貴俊はもう一度ノックをした。

しかし、やはり入室を許す返事はない。

慎哉は貴俊と顔を見合せた。

そうして、貴俊がドアに手をかける。返事はないが、ここまで来た以上、確認しないわけにはいかなかった。

低い音を立てて、ドアが開く。

「——失礼します」

誰かが横たわっているベッドの足元がこんもりとして見えて、慎哉も貴俊に続いて病室に足を踏み入れた。そうして、息を呑む。

「友之……」

口を覆った呼吸器、腕についた点滴のチューブ、規則的な機械の音。

慎哉は愕然として、目を閉じたまま起きようとしない友人を見つめる。

明らかに寝入っているのとは違う姿だった。

友之は生きていた。ただし、意識を失くしたままで——。

慎哉はぎくしゃくと、横たわったままの友人の枕元に歩み寄った。大人になった顔、けれど、シーツから出ている腕は細い。

規則的に上下する胸は彼が生きていることを示していたが、慎哉たちの気配にも目覚めることなく、友之の目蓋は閉ざされ続けている。

「植物状態っていうのか、これは……」

同じように呆然としていた貴俊が、呟いた。眉がひそめられている。

慎哉はベッドに手をついた。友之が生きていたことは嬉しい。しかし、まさかこんな形で生存していたとは思わなかった。そのことに愕然とする。

慎哉たちが時を刻み続けた十年、友之の時だけは止まっていたのだ。

博之が慎哉を恨みに思うのも当然だった。植物状態の弟を見て、その弟を忘れたように日々を過ごす両親を見て、彼はなにを思ってこの十年を過ごしてきたのだろう。

慎哉さえ友之の想いを受け入れていたら、友之は自殺しようとせずに済んだのだ。こんなふうに、彼の時は虚しく過ぎなかった。

涙が溢れた。罪の意識が慎哉を襲う。けれど、かつてのようにそれに呑み込まれることはなかった。涙を流す慎哉の手を、そっと握る温かな掌がある。彼に支えられて、今の慎哉には罪悪感と自分の心を別種のものだと切り離す勇気が持てた。

友之をひどい言葉で拒んだことは後悔している。けれど、何度あの時をやり直したとしても、自分が友之を受け入れることはないだろう。

そのことが、今の慎哉にはわかっていた。

貴俊も言ったが、十年前の自分は子供だった。同性愛という言葉は知っていても、それが己の身に降りかかってくるなんて想像もしたこともなかったし、ましてや親友と信じていた相手が自分に恋していたなんて考えもしなかった。

裏切られたと思った。友情を反故《ほご》にされたと思った。

理不尽な怒りに囚われてもいた。親友に、裏切られたのだと。

それが慎哉にひどい言葉を言わせた。

「慎哉……」

項垂れて、涙を零す慎哉を貴俊が力づけるように、握る手の力を強めた。

温かい手――。

この手が、贖罪の海に囚われていた慎哉を救ってくれた。救われていいのだと言ってくれた。

顔を上げ、慎哉は意識を失くしたままの友之をじっと見つめた。

「ごめん、友之……」

十年前の自分の態度を、友之に謝罪する。

傷つけてごめん。

はいでもいいえでも、真摯《しんし》に答えずにいてごめん。

一言も言い訳をさせず、拒み続けてごめん。

十年前の夏の日のキスは、柔らかかった。

あのあと、慎哉は数限りない淫らな口づけを男たちにさせてきたが、初めての夏の口づけは羽根のように軽く、柔らかかった。

今の慎哉には、キスとも言えないほどの幼いキスだ。

その幼い口づけで、自分たちはすべてを失ってしまった。

慎哉は、親友を避け続けることで。

友之は、命を絶とうとしたことで。

隣で手を握ってくれている貴俊を、慎哉は見上げた。そうして、友之に視線を戻す。

すべては友之とともに始まった。

時は戻せない。

今さら友之を目覚めさせることも、慎哉にはできない。

けれど、十年続いた自分たちの幼い恋には、なんらかの決着が必要だった。

博之に強いられてきた淫らな口づけではない。

貴俊との愛を交わしたキスでもない。

幼かった自分たちに相応しい、幼いキスで、この恋の螺旋《らせん》を終わらせる。

そっと友之に身を屈めた慎哉を、貴俊は止めなかった。なにをしようとしていたのか、彼も理解してくれていたのかもしれない。これが慎哉たちには必要な儀式なのだと。

静かに眠る友の唇に、慎哉はそっと唇を寄せた。

「友之……ごめん」

慎哉は生きる。貴俊と。

友人であった男に、慎哉は触れるだけのやさしいキスを落とした。

軽く触れてすぐに離れたキスは、あの日の友之がくれたものと同じ、羽根のようなキスだった。

けれどこれは、別れのキスだった。

自分は貴俊と生きていく。

友之のことを忘れはしないが、もう囚われることはしない。

慎哉は生きて……生き続けることを選んだのだ。破滅ではなく。

誓うようなキスは、触れて、すぐに離れた。

と、顔を上げて、慎哉は目を瞠った。

「……………笑って……？」

隣で、貴俊も驚いていた。だが、本当にかすかなのだが、友之の唇が笑みの形に変化したように見える。そうして、目尻から涙が。

これはどういうことなのだろうか。慎哉は唇を喘がせた。

「――おまえのことがわかったのかもな」

ポツリと、貴俊が口を開いた。慎哉は唖然として、隣に立つ男を見上げる。

微笑みと、一滴の涙――。

本当に、友之が理解したのだろうか。慎哉が来たことを。十年前の振る舞いを謝罪したことを。

しばらくして笑みは消え、また穏やかな寝顔に戻っていく。

幻のような時間であった。

「許して……くれたのかな……」

貴俊が肩を竦める。そうして、慎哉の肩を抱いてきた。

「……十年前のこと、こいつも後悔してるんじゃないのか？　馬鹿なことをしたって。生きていればこそ……なんだから」

不思議と、貴俊の言葉は慎哉の胸にすとんと落ちた。

生きていればこそ――。

その通りだった。生きていればこそ、苦しいこともあれば、嬉しいこともある。

生き続けたからこそ、慎哉も貴俊という男に巡り合えた。

すべて、生きているからこそなのだ。

口を開いたら、泣いてしまいそうだった。

慎哉はグッと奥歯を嚙みしめた。だから、心で友之に語りかける。

自分は生き続ける。苦しくても、もしかしたらいつかは貴俊と傷つけ合って別れることになっても、それでも歯を食いしばって生きていく。

生きているからこそ、喜びも苦しみも味わえるのだから。

――また来るから、友之。オレは、この人と生き続けるから……。

いつまでもじっと、慎哉は貴俊と二人で、眠り続ける友之を見つめた。

§第九章

東京に戻った時、日はすっかり暮れていた。

携帯電話を切り、慎哉は運転席に顔を向ける。貴俊がハンドルを握っていた。

「どうだった？」

訊いてくる貴俊に、慎哉は小さく頷いた。

「うん、今夜来いって」

「そっか……まあ、ちょうどよかったな」

「……うん」

唇を噛みしめて、慎哉は前を向いた。電話の相手は博之だった。前回残業を理由に断った日から一週間程度が過ぎ、再び誘いの電話が来たのだ。

友之の生死もはっきりし、早々に博之とは決着を着けなくてはいけなかったから、この電話が来たのは幸いだった。

友之に会った今日こうなることに、慎哉はなんらかの運命めいたものを感じざるを得ない。

――友之……。

慎哉の決別の口づけに、微笑みと涙を流した友の姿が脳裏に蘇る。慎哉の想いが友之に伝わったのかどうかはわからない。しかし、それがなんらかの赦しのように、慎哉には思えた。

眠りつづける友之がこの先どうなるのか、慎哉にはわからない。

意識のないまま、いずれ死んでしまうかもしれない。

それとも、ドキュメンタリーなどでたまに特集されるように、何十年も眠りつづけたあと、急に意識を回復することがあるかもしれない。

しかし、友之の運命がどうなるであろうとも、慎哉は生き続けることを選んだ。しっかりと自分の人生を生きることが、友之に対する誠実さであると思った。

それを助けてくれる人が、隣にいる。

ハンドルを握っている貴俊を、慎哉は横目でちらりと見た。

きりりとした眉、涼しげな眼差し。がっしりとした長身は逞しく、慎哉のすべてを受け止めてくれる強さがある。

なにより、罪悪感に縮こまっていた慎哉を解放へと引っ張り上げてくれたのは、この人だった。

貴俊がいなければ、いずれ慎哉は破滅への欲望に潰れて、本当に堕ちるところまで堕ちていっただろう。

——自分は生きる。

友之のことを胸に刻みながらも、前に歩いていく。

そのために、博之と対峙するのだ。

マンション近くまで来て、慎哉は付近の有料駐車場を貴俊に教える。

そこで車から降りて、マンションに向かった。通りを一本入ったところにある、閑静なマンションだ。そのせいか、人影がちょうどない。

それをいいことに、隣を歩く貴俊が慎哉の手を握ってきた。緊張する慎哉を勇気づけるように、そっと。

思わず、慎哉は貴俊を仰ぎ見る。つい、憎まれ口が出てしまう。

「馬鹿、誰かに見られたら……」

「大丈夫だ。暗いし、それに人もいない」

やさしく微笑まれて、慎哉は唇を尖らせながらも赤面する。

甘やかされている、と思う。けれど、守ろうとしてくれる貴俊に、心がじんわりと温《ぬく》もっていく。

それは、十年の凍えが温まるような守護だった。

マンションに着くと、暗証番号を押して中に入る。慎哉の緊張が高まった。

それを感じ取った貴俊が、エレベーターの中で慎哉の肩を抱く。その掌に勇気をもらい、慎哉は博之の部屋に向かった。

扉の前でひとつ大きく息を吸う。そして、インターフォンを押した——。


「ここに男を連れ込むとは、いい度胸だな」

貴俊とともに中に入った慎哉に、腕を組んだ博之が唇を歪める。緩くウエーブのかかった髪のせいか、甘い雰囲気のある容姿はいかにも女性受けがよさそうだ。

だが、中身まで甘くないことは、貴俊も慎哉も知っていた。

招き入れられたリビングで、二人は博之と対峙していた。

貴俊は慎哉を守るように、肩を抱いている。それを博之が不愉快そうに睨んでいた。慎哉一人を呼んだのに貴俊まで一緒だったのだ。当然だろう。

「今日は、話があって来ました」

緊張した面持ちで、慎哉は博之を見上げた。これから自分のすることを考えると、身体の芯が震えてくる。

十年、慎哉はこの男に押さえ込まれてきたのだ。友之の死を盾に強引に身体を開かれ、犯され続けた。

自分はそれを贖罪だと思ってきた。友之自身に抱かれることの代わりだと。

だが、それは間違っていた。友之にされる代わりにその兄にこの身体を抱かせても、友之はけして喜ばない。

植物状態の友之に会い、その涙、微笑みを目にして、慎哉はそう考えるようになっていた。

勇気を出すんだ。負けるな。

慎哉は小馬鹿にしたように鼻を鳴らした博之に、口を開いた。

「今日……友之に会ってきました。生きていたんですね、友之は」

慎哉の言に、博之が大きく目を見開いた。

「友之に会っただと……。どこからそれを……」

「調べさせてもらいました」

隣から、貴俊が口を挟む。強い眼差しで、博之を睨《ね》めつけていた。

博之がじろりと、貴俊を見遣った。不愉快そうに、鼻に小皺を寄せる。

「調べた？　ずいぶんお節介だな。今度の新しいセフレは」

セフレと言われて、慎哉の顔が青褪める。

そのことに勢いづいたのか、博之が慎哉を責め立てた。

「こいつで何人目のセフレになる。わたしと寝るようになって何人の男を咥え込んできたか、こいつは知っているのか。——いい身体をしているだろう、慎哉は。高校生の頃から、わたしが仕込んでやった。挿れられるのが大好きな淫乱で、奥を突いてやるといい声で鳴くだろう？　ふふふ」

「やめてください……っ！」

慎哉は真っ青な顔で、博之を止める。自分と博之との間になにがあったのか貴俊は知っているけれど、こんなふうにあからさまに言われたくはなかった。

具体的な話を聞けば、いくら寛大な貴俊でも慎哉を見る目が変わるかもしれない。誰にでも足を開いてきた淫乱だと心変わりするかもしれない。

行為そのものを嫌悪してきたくせに、慎哉は自分から男を引っかけては抱かれてきた。淫らな喘ぎ声を上げて、自分から足を開いて――。

と、肩を抱く手が強くなり、慎哉は落ち込みかけていた想念から引き戻された。

隣を見上げると、貴俊がしっかりとした眼差しで、博之を見つめていた。

「あなたがしたのは、慎哉を玩具にしただけのことだ。玩具の反応は、所詮玩具のものでしかない。俺は、本当の慎哉を知っている」

「本当の慎哉？　はっ、なにが本当の慎哉だ。真実は、こいつの身体の中にある。調べたのなら、おまえも知っているだろう？　こいつは、わたしの弟を死に追いやったほど同性間の恋愛を嫌悪したくせに、わたしに犯されるとあっさり感じて、腰まで振ってみせた嘘つきだ。口ではどう言おうとも、本当は男に抱かれるのが大好きな淫売だ。その証拠に、わたしに抱かれて以降、自分から男を引っかけては抱かれてきただろう？　それは、こいつの本質が男に犯されて悦ぶ変態ということだからだ。そんな慎哉に、どんな真実がある」

楽しそうに、博之は慎哉を辱める。

慎哉はぶるぶると震えた。博之の口から暴かれる自分の姿に、そして、その真実の姿に貴俊が呆れるかもしれないという不安に。

だが、貴俊は慎哉から離れなかった。しっかりしろとでもいうように、肩を抱く腕が逆に強まっていく。

「——どうして慎哉が自ら男を引っかけるようになったか、医者のあんたなら本当はわかってるだろう。慎哉は自分を罰していたってことを」

「貴俊……」

思わず、慎哉は貴俊を見上げた。貴俊の眉は、つらそうにひそめられていた。

自分でも、あえて覗き込もうとはしなかった己の心の奥——。

その深奥を、貴俊はほぼ正確に見抜いてくれていた。

「あんたが責めるまでもなく、慎哉はあんたの弟のことで自分を責めていた。その上であんたからの凌辱を受けて……それに感じてしまって……心のバランスを取るためにも、慎哉は自分自身をさらに罰するよりほかなかったんだ。あんただって本当は、慎哉が自分自身を穢せば穢すほど、嬉しかったんじゃないのか？　弟を追いつめた人間が滑り落ちていくのが、楽しかったんじゃないか？」

ずばり指摘され、博之が鼻白んだように押し黙る。

だが、貴俊ごときに言い負かされるなど、博之に受け入れられるわけがない。しばらくして、絞り出すように博之は言い返す。

「……友之のためだ。こいつが友之を自殺に追い込んだ。この程度の報復をしたところでなにが悪い。わたしに犯されるのが本当にいやだったら、こいつも友之のように自殺したらよかったんだ。死よりも快楽を選んだこいつに、わたしを責める資格なんてない！」

「快楽？　本当にあんたは、慎哉が快楽を選んだと思うのか？　――死は一瞬だ。だが快楽は……こいつの選んだ快楽は、こいつの心を切り刻んだ。男に抱かれて喘げば喘ぐほど、感じれば感じるほど、慎哉は心を痛めつけられ続けたんだ。それが楽だと？　あんたの弟は、単に苦しみから逃げただけじゃないか！」

「なんだと！　おまえに弟の気持ちのなにが……っ」

「やめてくださいっ!!」

今にも博之が貴俊に殴りかかりそうになり、慎哉は声を張り上げた。

違う。こんなふうに言い争いに来たわけではない。自分はただ――。

慎哉は博之の腕を摑んで、止めた。

「……やめてください。友之は……友之はこんなこと、望んでいない。きっと」

「望んでいない？　そんなわけがあるものか。おまえに踏みにじられて、そのために弟は死を選んだんだぞ。だから、わたしは……！」

「でも！　……でも、病院で、友之は涙を零しました。あの時のことをオレが謝ったら……友之は微笑んで、涙を零した……。オレは……」

慎哉はぐっと、熱い塊を呑み込んだ。思い込みかもしれない。勘違いかもしれない。

だが、あの時慎哉は感じたのだ。友之が、赦してくれたのかもしれない、と。

「あなたが友之を大切に思っていたことはわかります。でも、オレと友之の問題は、オレたちだけのものだ。たとえ兄でも、弟の代わりにオレを罰することなんてできない」

「涙を……友之が……」

呆然と、博之が呻く。

「あいつはこの十年、なんの反応も返さなかったのに……おまえに涙……」

信じられないと博之が呟く。

慎哉も驚きに目を瞠る。友之がなんらかの反応を示したのが、まさか自分が最初だったとは。

自分にだけ、微笑みと涙を返してくれた友之に、慎哉の胸がギュッと痛む。友之がどれだけ慎哉を想っていたか――ただの偶然の反応かもしれないが――そのことに、慎哉は切なくなった。

けれど、切ないからこそ、自分も真実の心で応えなくてはいけない。

力の抜けた博之の腕から手を離し、慎哉は口を開いた。

「友之のこと、ずっと後悔していました。驚いて、とっさにひどいことを言ってしまって……。断るにしても、どうしてもっとやさしく言えなかったのかと、ずっと……。でも……」

貴俊によって、慎哉は教えられた。

自分も、友之も、十六歳だった。二人ともに大人でなかった。子供だった。

子供であったことが不幸だった。

だがそれは、あくまでも友之と慎哉だけの問題だ。博之は関係ない。

「あなたに抱かれることが……友之に対する贖罪にはならない。ならないんだ……博之さん」

生きている友之を見舞い、その涙、微笑みを目にして、慎哉はやっと当然のことに気がついた。

博之に抱かれたからといって、それが友之に対する償いにはなりえない。

いくら友之の名を呼んで抱かれても、慎哉を抱いている相手は友之ではない。博之だ。

友之に抱かれているつもりで身体を捧げても、慎哉を抱くのは友之ではなかった。

そんな償いを、友之は望まない。慎哉の知る親友、友之ならば、けして。

「弟が……おまえに微笑んで、涙……」

博之が顔を覆う。どさりとソファにくずおれるのを、慎哉は唇を噛みしめて見つめていた。

十年という時間を思う。その長い時を、この人はどういう思いで過ごしてきたのだろう、とふと思った。

自分にとっては苦しいだけの十年。

けれど、博之にとっては？

低い笑い声が、顔を覆った博之から洩れ出てきた。どこか自身を嘲るような笑いだった。

危険を感じたのか、貴俊が慎哉を庇うように一歩前に出る。

しかし、博之が立ち上がることはなかった。

「……わたしが何度見舞いに行っても、なんの反応も示さなかったのにな」

そうして、深いため息をつく。顔を上げ、博之は天井を見上げた。

「友之が自殺騒ぎを起こして、結局植物状態になった時、父も母もさっさと邪魔な息子を遠ざけた。恥ずかしい騒ぎを起こした息子などもういらないとばかりにな……。だが、わたしは納得できなかった。たった一人の弟なのに……」

そう言って、博之は口を閉ざす。語られた言葉は短かったが、それだけで石津家の様子が多少は推測できた。

植物状態になった息子はいらない――。

いわゆる金はあっても情には欠ける。そういう両親だったのだろう。

だからこそよけいに、兄弟の仲は深かったのかもしれない。

慎哉への仕打ちは褒められたことではなかったが、しかし、それだけ博之は情が深かったのだと言える。

慎哉は眼差しを落とした。

それが同情的に見えたのだろう。博之がカッとなったように、顔を上げる。憎々しげに、慎哉を、そして貴俊を睨む。

「……おまえ、本当にこいつがいいのか？　たしかに身体だけは最高だがな、ははは」

慎哉を守るように、貴俊が慎哉の肩を抱いた。毅然《きぜん》として、博之を見下ろす。

慎哉も唇を噛みしめて、博之の罵声に耐えた。心を切り裂く罵声だった。

博之は鼻を鳴らす。

「まあ、散々わたしが開発した身体だものな。まだなにも知らない十六歳のこいつに、気持ちいい思いをたっぷりさせて抱いてやった。今では簡単にペニスを咥え込む孔も、最初の頃は頑なでな。だが、じっくり舐めてやるとひくついてきて、自分から孔を弛めてきた。指を挿れてやったら、泣いて嫌がるくせに腰を揺らしてきたのを覚えているか？　じっくり広げてやった穴にペニスを挿れてやった時、こいつのモノがどうなってたか、おまえ知ってるか？　初めてのくせに反り返って、精液でぬらぬら濡れていたんたぞ。なにが男に抱かれるなんていやだ。最初から感じまくっていたじゃないか、あはははは！　そんな淫売でも庇うなんて、大概お人好しだな」

「…………っ」

慎哉は切れるほどに唇を噛みしめたまま、首を振る。聞きたくなかった。貴俊にも聞かせたくなかった。

しかし、博之の語る自分も、また本当の自分だった。

「慎哉、聞かなくていい」

そっと、貴俊が慎哉の耳を塞ごうとしてくれる。

だがそれを、慎哉は小さく首を振って断った。

「……いい。全部……本当のことだ」

そうしてじっと、博之を見つめる。逃げも隠れもしない。どんな過去であっても、すべて慎哉の人生だった。貴俊に言いたいのなら、言えばいい。貴俊は……。

慎哉はギュッと、肩を抱いた手を握った。それに応じて、貴俊がさらに強く慎哉を抱き寄せてくれる。

貴俊は、慎哉を見捨てない。慎哉の愚かしい過去ごと、すべてを愛してくれる。

そんな二人の様子に、博之が顔を歪める。もう自分には二人を傷つけることができないと感知した、悔しそうな顔だった。

それでも諦めきれないのか、微に入り細に入り慎哉の痴態を教えてくる。

最初は反応の鈍かった乳首をどうやって開発したか。

それによって、慎哉がどう変化したか。

乳首だけで初めてイッた時の泣き出しそうな様子。

慎哉を貫きながら、自慰をさせた時のこと。

弟の名を何度も呼ばせながら、後ろだけでイかせた時のこと。

どれもこれも、耳を塞ぎたくなるような猥雑《わいざつ》な痴態だった。

それらを、慎哉は支えてくれる貴俊とともに聞き取った。ひどい話ばかりなのに、慎哉の肩を抱く貴俊の腕は小揺るぎもしなかった。

そのことに、慎哉は救われる。

ついに、博之の罵りが止まった。赤い目で、博之は慎哉と貴俊を睨んでいた。ここまで言えば、いくら貴俊でも慎哉に呆れるだろうと言わんばかりの顔をしていた。

だが、貴俊は呆れたりはしなかった。ややあって、「それだけか？」と訊いてくる。

鼻白んだように、博之が貴俊を見つめる。

「ま、まだ……いくらでもある。それに第一、慎哉はわたしだけじゃなく、数え切れないほどの行きずりの男とヤッているんだ。おまえを誘った時だって、ビッチだっただろう！」

慎哉を指差して、怒鳴る。

慎哉は青褪めていた。その耳に、貴俊がフッと笑うのが聞こえた。深い微笑だった。

慎哉の肩をしっかりと抱いて、貴俊が口を開く。

「――慎哉にどんな過去があり、どれだけあなたが玩んできたとしても、慎哉の最後の男になるのは俺だ。そして、俺の最後の恋人も慎哉だ。なんの問題もない」

その言葉に、慎哉は涙ぐんだ。潤んだ目で、貴俊を見上げる。

「最後の……恋人……？　オレが……？」

「俺はそのつもりだが？」

なにか問題でも、という具合に貴俊が片眉を上げる。少しからかうようなやさしさの混じった、包み込むような眼差しだった。

自分のような男を、なぜ貴俊はこれほどまでに愛してくれたのだろう。守ってくれるのだろう。

自分の幸運が信じられなかった。すべてを捨てて、滅びてしまおうと思っていたのに、その破滅のために選んだ男こそが慎哉を救ってくれるなんて。

慎哉はぎくしゃくと首を横に振った。貴俊に慎哉しかいないように、慎哉にも貴俊しかいない。

彼がいたからこそ、自分はまた再び生きる勇気が蘇ったのだ。生き返ったのだ。

「オレも……貴俊が最後の恋人だ。……いいや」

違う。自分に恋人なんていなかった。慎哉を抱いてきたのは、いずれも愛なんてなかった。だから――。

「おまえはオレの、最初で最後の恋人だ」

そうして、最後の男。

もう、貴俊以外のどんな男とも寝ない。誰にも、この身体を抱かせはしない。この心に、人を愛する気持ちが蘇ったのだから。

嬉しそうに、貴俊が目を細める。愛しげに見つめられ、慎哉の心の傷が癒されていく。

目の端で、博之が悔しそうに拳を握りしめていた。

だが、さすがにもう限界を悟ったのだろう。最後に憎まれ口を叩いて、慎哉たちを追い出す。

「ふん、もの好きな男だ。こんな傷ものの男がいいなんてな。――おまえたちのような馬鹿に、これ以上つきあっていられるか。さっさと出ていけ。もう……わたしにかかわるな」

最後の言葉が震えていた。厭わしげに顔を背けているが、最後に確かに「もうわたしにかかわるな」と口にしていた。それは、慎哉を解放する呟きだった。

赦してくれたのだろうか、ついに。

慎哉は貴俊を見上げた。貴俊も、博之の憎まれ口の真意に気づいている。

小さく頷き、慎哉を促した。

慎哉も頷き返す。

最後にひとつ礼をして、慎哉は貴俊とともに博之のマンションをあとにした。

終わった。これでようやく、すべてが終わったのだ。

涙が、慎哉の眦《まなじり》から一滴、零れ落ちていた。


車を停めた駐車場まで来て、慎哉が貴俊に頭を下げた。

「ありがとう、貴俊」

貴俊は気恥ずかしさを誤魔化したくて、顎をかいた。

慎哉は礼を言うが、すべてを慎哉のためにしたわけではない。慎哉を解放することは、同時に、彼を貴俊だけのものにする行為でもあったのだから、礼を言われる筋合いはなかった。

「別に、おまえのためだけにしたわけじゃない。これは……俺のためでもあったんだから……」

「でも……」

「いいからさっさと車に乗れよ」

口早に言って、慎哉を助手席に押し込む。大通りに面した有料駐車場の前は、次々に車が通り過ぎ、時に人も行き過ぎる。

慎哉を抱きしめたかったができないのが残念だった。

それで、自分も運転席に滑り込むと、素早くギュッと手を握る。

慎哉がチラリと、貴俊を見上げてきた。貴俊はやや憮然《ぶぜん》として、

「外にいたら、手も握れないだろうが」

と言ってやると、慎哉がストレートに嬉しげな笑みを浮かべてくる。初めて見る、素直な表情だった。

驚いて思わず見つめると、慎哉が頬を赤くする。

「……なんだよ。嬉しいと思っちゃいけないのか？」

「まさか！　ただなんていうか……素直すぎてびっくりするというか……。ま、その……そういうおまえも可愛くていいけどさ」

咳払いしてそう言うと、慎哉がますます赤くなった。だが、そんな自分が恥ずかしいのか、そっぽを向く。

「……早く車を出せよ。もう帰るんだろう？　今日は一日がかりだったし」

そうだった。早朝から近郊の病院を目指し、東京に戻ったのは夜だった。そうして博之に会いに行き、今はもう十時近い。

「腹……減ってないか？　どっかで飯でも食っていくか」

「あ……ああ、そうだな」

ちらりと、慎哉が貴俊を見上げる。眼鏡の奥の瞳がなんだか甘くて、貴俊の心臓がドクリと跳ねる。

――最初で最後の恋人。

慎哉が言ってくれた言葉が、耳に蘇る。

慎哉に男は数あれど、恋人と言える相手は自分が初めてだったのだと、自覚する。

最初で最後の恋人で、そしてそれは同時に最後の男――。

まいった、と貴俊は内心ため息を押し殺した。自覚したとたん、慎哉が欲しくてたまらなくなる。

この美しい彼の最後に男になるという事実は、思ってもみないほど貴俊を高揚させる言葉らしい。

ましてや、とうとう慎哉を文字通り貴俊のみの男にしたのだ。

慎哉を呪縛していた友之ともけりがつき、博之にも決別を宣告した。博之の方ももう、慎哉にちょっかいをかけることはないだろう。

Vネックのセーターから覗く喉仏が、やけに色っぽく感じられる。

「なに？」

無言の貴俊に不審を感じたのか、慎哉が訊いてくる。

だがまさか、今の今慎哉にそそられているなどと言えるわけがない。そんなことを言ったら、自分はまるで獣《けだもの》だ。

慌てて、貴俊は慎哉から目を逸らした。やっと博之から離れられて、慎哉も今日は疲れているはずだ。まずは食事をして、ゆっくりと休ませてやるのが『恋人』の務めだ。セフレではないのだから。けれど、貴俊がなにを感じているのか、慎哉にはお見通しのようだった。なぜなら彼も、貴俊をセフレではなく『恋人』と見ているから。

またちらりと貴俊を上目遣いして、乾いた唇を舌先で舐める。そうして、小さく口を開いた。

「食べるなら……別のものがいいな」

「べ、別のもの!?」

貴俊の声が上擦る。そのニュアンスに、気づかないわけがない。

「い……いいのか？」

そう訊くと、慎哉が呆れたように肩を竦める。

「なんか急にへたれたな。気が進まないならオレは……」

「いや！　気が進まないなんてことがあるものか！　というか……さっきから本当は、おまえを抱きしめたかったんだよ、すごく」

恨めしそうに言うと、慎哉がクスリと笑った。

「なんだよ、それ……って、オレもだけど」

「そ、そうか」

慎哉も赤くなり、貴俊も赤くなる。

もう散々抱き合って、いやらしいことをいっぱいしてきたというのに、なんだか急に恥ずかしかった。セフレから恋人に昇格して以来、ずっとこんな調子だ。今夜は特にそうだった。

博之は悪しざまに慎哉との行為の様子を語ったが、身体だけの快楽とこれはまったく違うことがよくわかる。

心が伴うだけで、身体を繋げる行為が特別なものになる。

貴俊はジーンズのポケットから携帯端末を取り出した。検索して、最寄りのホテルを探す。

「なにしてるんだ？」

「ん……ホテルの検索」

問いかけに、貴俊は端的に答える。

慎哉が驚いたように、目を見開いた。

「ホテル？　なんで。ここからなら、オレのアパートでいいじゃないか」

「ダメ。今夜は特別だから」

「特別って……」

慎哉が呆れたように呟く。

だが、貴俊にとってはやはり今日は特別な夜だった。

一度めの特別は、慎哉のアパートでなし崩しに終わってしまった。

それだからこそ、今夜は外さない。

「——よし、と。行くぞ、慎哉」

マンションから程近いお洒落目なシティホテルを予約する。そうして、貴俊は車を出発させた。

今まで利用したホテルよりは少々高いが、だからこそ今夜に相応しい。

「貴俊って、意外に乙女……」

「乙女じゃない。おまえが大事だから、特別な夜にしたいんだ」

きっぱりとそう言うと、慎哉がわずかに赤面するのが見える。だが、反論は返ってこない。

貴俊を乙女だと言いながら、慎哉も大切にされるのは嬉しいらしい。

貴俊の口元に満足げな微笑が浮かぶ。文句を言いながら赤面する慎哉が、可愛かった。

カーナビを見ながら、貴俊は車をホテルに急がせた。


「あ……んっ、ちょっ……シャワー……っんん！」

浴びたいというのを、キスで黙らせる。

貴俊は部屋に入ったとたん、慎哉を抱きしめた。

選んだホテルはさすがにいつもよりはロマンティックで、部屋の広さも倍ほど違う。

だが、それを堪能するよりもまず、慎哉を味わいたかった。

今日は土曜日。なんなら、チェックアウトまでゆっくりできる。

キスを貪りながらベッドに移動し、慎哉を押し倒す。

唇が離れて、慎哉が軽く、貴俊を睨めつけてきた。

「なんだよ……さっきは紳士ぶったくせに、がっついているな」

「そっちこそ……。飯より、俺が欲しかったんだろう？」

ニヤリと笑い、貴俊は慎哉からセーターを脱がせる。続いてシャツを脱がせて、スラックスのベルトを弛めた。

慎哉は、貴俊の成すがままにさせている。

スラックスの前を開くと、下着をかすかに性器が持ち上げていた。

うっとりと、貴俊は目を細めた。なんと言おうとも、慎哉も貴俊を欲しがっている。

貴俊もだった。

さっさと慎哉を全裸にすると、その身体を跨いだまま、自身の衣服を脱ぎ捨てる。一枚一枚脱ぐごとに、慎哉が熱く吐息をつくのが見えた。

最後の一枚を取り去ると、彼の頬が上気している。貴俊のそこは、むくりと勃ち上がっていた。

「すごい……」

慎哉の声が掠れている。

貴俊は、まだ眼鏡をかけたままの慎哉によく見えるように、自身の逸物を握った。見せつけるように、軽く扱く。

慎哉の焼けつくような視線を受けて、貴俊の剛直は見る見るうちにさらに逞しくなる。

セックスは人並みに好きだった。だが、はっきり言って、慎哉に対するようにコトの最初からこんなにがっつくのは、初めてだ。慎哉だけが、貴俊をここまで昂らせる。

慎哉も同様のようだった。貴俊の興奮に、慎哉も情動を煽られる。

眼鏡を外した慎哉が、身体をずり上げる。自身を跨いでいた貴俊から足を抜き、代わって今度は慎哉が足を開く。

その狭間では、貴俊と同じように慎哉の花芯も硬くなっていた。

「……いやらしいな」

「いやらしいオレは、嫌いか？」

少し心配そうに訊ねる慎哉の声。

嫌いなわけがなかった。貴俊に欲情してこうなってくれているのに、どうして嫌いになる。

貴俊は大きく微笑みながら、慎哉の膝に手をかけた。さらに淫らに足を開かせて、その狭間でそそるように唇を舐める。そうして、愛しい人に誘いをかけた。

「なあ……おまえの全部、舐めていいか？　身体中すべて、舐め回したい。どこもかしこも可愛いから……」

慎哉の唇が、喘ぐように開く。首筋まで赤く染まっていた。

「全部って、なに言って……」

「全部だよ。この可愛い鼻も唇も、首筋も、腕も、指の一本一本も、足の付け根も腿の内側も、足の指も、それから、俺とひとつになる慎哉の可愛い蕾も……全部。舐めさせて？」

囁きに、慎哉の身体から力が抜けていく。

貴俊は微笑んだ。もっととろとろになるまで、慎哉のすべてを愛してやる。貴俊の愛だけでいっぱいになるほど、慎哉をいっぱいに満たしてやる。

そうすることが、貴俊にとっても悦びなのだ。

「馬鹿……」

力なく罵る慎哉の頰に、貴俊は最初のひと舐めを与えた。そのまま耳朶に舌を滑らせて、やわらかな耳たぶをしゃぶってやる。

「んっ……貴俊……」

小さく身を竦めて洩れる声は、最高に甘かった。チュッと耳朶にキスしながら、掌を身体の線に添わせる。もう赤く尖っている胸の実を指の腹で感じて、貴俊はさらに欲情させられた。

「慎哉、可愛い……」

二人の身体は広いベッドに沈んでいった。長く続く、夜の始まりだった。


こちらも精一杯、貴俊を誘惑しようと思ったのに——。

貴俊にたくさん、気持ちよくなってもらいたかった。慎哉からの奉仕を、貴俊にしたかった。

けれど実際には、慎哉は貴俊に喘がされるまま、全身を彼に愛されている。どこもかしこも、貴俊が舐めていない場所はないほどだった。

「んっ……も、や……っ」

今は、四つん這いになった背後の、腿裏から尻を舐められながら、前方に回ってきた手で花芯を握られている。

自分だけイかされたくないと言った慎哉のために、達しないように根元を縛められているのだ。

そのせいで、貴俊からの愛撫が全身を疼かせていた。中からなにかが爆発しそうで、弾けられない。

そのくせ、意地悪な舌は肝心な部分を舐めてくれなくて、慎哉は啜り泣いた。

尻たぶを開かれて、期待に喘ぐ。けれど、舐めてくれるのはひくついている部分を外した筋の部分で、慎哉の腰が揺れた。

「やっ……ん、たかと……しっ」

「一番いいところは最後にとっておかないとな。……もう少し足を開いて、慎哉」

「ひどい……あ………あぁっ！」

詰りながらも素直に足を広げた慎哉の蕾から性器までの狭い部分、俗に言う蟻の門渡りの部分を舌先でつつくように舐められた。

不自由な体勢のせいで、ぎこちない舐め方になるのが逆に性感を刺激する。

果実が跳ね上がり、根元の縛めを無視して達しそうに反り返る。

貴俊がさらに強く、花芯の根元を指で締めつけた。

「いやぁぁぁ……っ！」

「……ここ、すごく感じるみたいだな、慎哉。気持ちいいか？」

「やだ……やっ、いや……あ、あ、あぁっ……やめ、っ……あんんんっ」

イきたい。けれど、イけない。

それなのに、チロチロと門渡りの部分を舌先で刺激されて、どうしようもない嵐が身体の内側で荒れ狂う。

「可愛い……」

そう囁かれて、ようやく舌が離れた。今度は吐息が後孔に触れる。

やっと、そこを舐めてもらえるのだ。ひくひくと、自分でもわかるほどにその孔が口を開閉させた。

恥ずかしい。けれど、自分でもどうしようもない。

口が勝手に開いた。

「早く……んっ…………ひどい」

涙が滲んだ。

チュッと、貴俊が後孔にキスをくれた。

「ごめん。ひどいことをするつもりはないんだ。ただ……慎哉のここがあんまりにも綺麗で……」

ため息のように感嘆される。

そんな、と慎哉は喘いだ。綺麗などではない。自分のそこが綺麗なはずがなかった。

「そんなところ……綺麗なんかじゃないだろ……だってオレは……」

「綺麗だよ。ここで俺をよくしてくれると思うと……ぞくぞくする。慎哉……」

ねっとりと、舌を這わされた。

「……あぅっ」

そのあまりの刺激の強さに、慎哉の声が跳ね上がる。

だが、本物の刺激はこのあとだった。

指を挿し込まれて孔を広げられ、中の襞まで舌で舐められてどうしようもなく喘がされて、その果てに舌が離れる。

代わりに宛がわれたのは、舌よりももっと重量感のあるモノだった。

貴俊の雄――。

腕はもうとっくに、上体を支えてはいなかった。くずおれた上半身に、腰だけ高く掲げた格好で、慎哉は貴俊を受け入れる。

「まだイきたくない？」

その囁きにこくりと答えて、性器の根元を指で縛められたまま――。

「……………あ……あ……あ……あぁ、おっき……い……んんっ！」

じんわりと味わうように、貴俊の剛直が中を押し開いてくる。熟れた肛壁を擦り上げ、食いしめようとする襞を強い力で押し広げて、慎哉の後孔を容赦なくその逞しいモノで刺し貫いてくれる。

「慎哉……なんて熱いんだ……うっ」

「あぁ……貴俊……貴俊……すごい……あ、あぁ……あぁ、っ」

最後にズンと奥を軽く突かれて、慎哉は甘く喘いだ。根元までぴったり、貴俊と繋がっている。ひとつになっている。

うっとりするような酩酊《めいてい》感が、慎哉を満たした。これはただのセックスではない。愛する相手とひとっになる大切な行為なのだ。

熱いものがドクドクと、慎哉の中で脈打っている。それを、自分の襞が蕩けるように纏わりついて包み込んでいた。

気持ちがいい。全身がどうかなってしまいそうだ。

貴俊も同様のようで、深い吐息をついて背後から覆いかぶさってくる。軽く抱きしめられて、耳朶をしゃぶるように囁かれた。

「慎哉、まだイきたくない？」

「ん……一緒に……」

特別な夜だと、貴俊は言った。特別な夜だから特別なホテルを予約し、大切に自分を愛してくれた。だから、その特別な夜に相応しく、自分も最初の絶頂は貴俊と共にイきたい。だってぐずぐずに蕩かされてしまった自分にできる奉仕は、それくらいしかないから。

貴俊が苦笑めいた笑いを洩らす。耳朶を嚙んで、また囁いてきた。

「俺は、そろそろ慎哉の乳首を弄りたいな。舐めるだけじゃなくて、指で弄っても、慎哉の胸、すごく反応するから……可愛い。なあ、触らせて？」

「だって……そんな、あっ」

性器を縛めているのとは反対の手が、胸に回る。さわさわと触れて、ツンと尖った乳首を疼かせた。

動かないままじっとしている貴俊の怒張に、絡みついた襞が戦慄く。

「や、め……貴俊、っ……あぁっ」

ベッドにくずおれていた慎哉の半身が、軽く仰け反った。ジンジンしている乳首を、貴俊が無造作に摘まんできたのだ。

「気持ちいいだろ？　乳首弄りながら、コレ、動かしたいから、性器を握るのはなしでいいだろ？　俺、慎哉がイッてるところを抽挿するの、好きだ。中がビックンビックン締まって、めちゃくちゃ気持ちよくて、最高。だから、な？　慎哉」

最後は甘えるように、耳朶をしゃぶられた。口に含まれて、チュッと吸われる。乳首を軽く引っ張られた。

痛みが逆に心地いい刺激になる。さらにすぐ指の腹でやさしく撫でられて、もっと感じさせられる。反り返った果実からはもう、ひっきりなしに滴が滴り落ちていた。

イきたい。イッてしまいたい。

慎哉は涙目で、背後の貴俊を振り返った。

「馬鹿……変態野郎……」

けれど、顔をシーツに押しつけてすぐに、小さく許しを与える。

「勝手にしろ……ちくしょう」

「……最高だ、慎哉。愛してる」

喜びの声が、貴俊から上がる。

すぐに、果実から指が離れた。その手がしっかりと腰を抱きかかえる。

乳首と耳朶を悪戯しながら、貴俊が軽く腰を引く。そうして、ズンと突き上げる。

「あっ……あぁ、っ！」

「いい声だ。――それじゃあいくよ、慎哉。覚悟しろよ」

「……ひぅっ」

それを皮切りに、貴俊が勢いよく抽挿を開始した。乱暴なくらい激しく腰を引くと、次には身体がずり上がるほど勢いよく突き上げてくる。

同時に、乳首を摘まれたり、引っ張られたり、時には押し潰すように指の腹で転がされたりして、慎哉は嬌声を引き出された。

あっという間に惑乱させられる。頭が真っ白になって、慎哉は貴俊から与えられる快楽のことしか考えられなくさせられた。

淫らな言葉が口をついて出る。止められない。

「…………あっ、あ、あ、あ……貴俊……貴俊……やっ……やだ、それやっ……イ、イく……こんな、もう……イッちゃう、あぁぁぁぁ！」

いくらもしないうちに、縛めを失った果実から蜜が噴き上がる。自分でも腰を揺らしながら、慎哉は我慢し続けた末の絶頂に脳内まで快楽に犯された。

目の前が光で覆われ、全身が戦慄く。蠕動する花襞を貴俊に力強く抉られ、突き上げられ、悲鳴が迸った。

快楽の極みでさらなる悦楽地獄に落とされるような行為だ。間欠泉のように蜜は噴き出し、いつまでもペニスがひくひくと喘ぐ。イきすぎて、慎哉はもうなにも考えられなかった。喘ぎ続けた唇から、飲み込みきれなかった涎が滴り落ちる。

それを背後から舐め取り、貴俊が慎哉のすべてを奪い取るように激しく腰を揺り動かす。

「んっ……すごい、慎哉……いぃ……っ」

貴俊の上擦った呻きが慎哉をより熱くさせる。

「あ……あぁ……んっ、んっ……ひぅっ」

絶頂に至った身体を、さらに突き上げられる。刺激は限界を超えて、慎哉の視界はぼやけてにじむ。

「やっ……あぁ、おかしくなる……頭……おかしく……あ、あ、あ、貴俊っ」

「おかしくなれよ。ここ、いいだろう？　ここだけいっぱい抉ってやる……ほら、またペニスが勃ってきた、慎哉……すごく、いい」

前立腺の部分を集中的に硬い性器の先端で擦り上げてくる。乳首を弄るのも続けられて、慎哉の頭はもうぐちゃぐちゃだった。

気持ちいい。苦しいくらい、気持ちがいい。死ぬ。死んでしまう。

ガクガクと、腰を揺さぶられた。そうして、背後から囁かれる。

「今度は、一緒にイこう。俺も、おまえの中にいっぱい出してやる。全部、呑み込め」

「ん……出して……オレの中……貴俊でいっぱいに……し、て……あっ……あう、っ！」

答えたとたん、ぐいと上体を起こされた。貴俊を呑み込んだまま、膝立ちの体勢にさせられる。そのままベッドのスプリングまで利用して、さらに激しく突き上げられた。

貴俊の力強い突き上げ、スプリング、そして、浮き上がった慎哉自身が落ちる時の重力で、信じられない深みまで貴俊に犯される。

「や……いやぁぁぁっっ……あ、あぁ、深いぃぃぃっ！」

大きく目を見開いて、慎哉は仰け反った。太いモノに力強く中を苛められ、乳首をぐりぐりと転がされて、さっき達したばかりの性器がまた限界までそそり立つ。

「慎哉、出すぞ……っ、く！」

引き出され、思い切り深々と突き刺された。最奥で、貴俊の怒張が膨れ上がる。

柔襞を強引に広げられて、グズリと慎哉の全身が蕩けた。

そして——。

「あ………あぁぁぁぁぁぁぁ――……っっ！」

「慎哉……っっ！」

奥の奥で、貴俊の怒張が弾ける。

同時に、慎哉も二度目の蜜を迸らせた。強く抱きしめられて、痙攣する。

「あ……あ……あ……」

「慎哉……慎哉……」

絶頂にビクビクと震える身体に、貴俊が何度も腰を打ちつけながらすべてを慎哉の中に吐き出す。

その熱く、濡れた迸りに、慎哉は陶然とするような悦楽を味わった。

最高のセックスだ。貴俊とでなければ味わえない、特別な悦びだった。

もうこのまま死んでもいい――。

甘い死に、慎哉は満たされた。束の間、意識が飛んだ気がした。

貴俊の射精が終わって、二人してベッドにくずおれる。

「はぁ……はぁ……はぁ……」

耳朶に触れる貴俊の荒い息遣いが、甘い死から浮上した慎哉を幸せにさせる。

慎哉の呼吸も乱れている。

だが、これで終わるわけではない。当然だった。

呼吸が整うと、後孔からずるりと怒張が引き抜かれる。

身体を返され、今度は向かい合う体勢で両足を開かれた。

「ぁ…………んっ」

再度、挿入される。貴俊の怒張はもう、硬度を取り戻しつつあった。

「すごい……エロいな、貴俊」

「当たり前だろう。おまえを抱いているんだ。何度抱いても……まだ足りない。ずっとひとつになっていたい、慎哉……愛してる」

ふいに、慎哉の喉がしゃくり上がった。急にどうしたのだろう、涙がぽろぽろと溢れ出す。

「あれ……？　オレ、どうして……」

自分でもわけがわからず、慎哉は慌てて涙を拭った。どうして今、泣けるのかわからなかった。

こんなに幸せなのに。これ以上なく満たされているのに。

涙を拭う手を、貴俊が取る。

「俺が……」

そう言って、零れ落ちる涙を貴俊の唇が吸い取っていく。

慎哉がなぜ、泣きだしたのか。貴俊にはわかるようだった。

涙を吸い取りながら、慎哉を抱きしめて、その髪を撫でてくれる。

「愛してる……」

と、まるで子守唄のように何度も囁いてくれた。

「貴俊……」

涙を零しながら、慎哉は貴俊にしがみついた。

慎哉も、貴俊を愛していた。この世のなによりも、彼を愛していた。

「ん……貴俊……愛してくれて……ひっく……ありが、と。オレを……あ、愛してくれて……」

「馬鹿だな……」

貴俊が苦笑する。頬を撫でられ、チュッと額に口づけられた。

「おまえみたいに可愛い奴、どうして惹かれずにいられる。俺の方こそ……おまえと出会えて、幸せだ。おまえとこうなれて、嬉しい。愛している、慎哉」

愛しげに見つめられる。

慎哉はますます涙が止まらなくなる。自分にもたらされた幸せが信じられなくて、嬉しすぎて、息が詰まりそうだった。

それでも、これだけは貴俊に伝えたい。何度もしゃくり上げながら、慎哉は愛する人に自分の想いを伝えた。

「オレも……っく……愛し……ひぃっ、く……愛してる……貴俊……っ」

「あぁ……慎哉」

きつく抱きしめられて、繋がった部分で貴俊がドクリと成長する。

慎哉も両足を貴俊の腰に巻きつけて、その情熱に応えた。

抱かれることは、慎哉にとって罪でしかなかった。穢されれば穢されるほど、これでいいのだと安心できた。

けれど、セックスは罪ではない。贖罪のためにあるのではない。

人と人が身体を繋げるのは、愛があるからなされるのだ。愛し合う心が、互いを求めるのだ。

今、それが心から理解された。

自分は、この男を愛している。

この男も、自分を愛してくれている。

だからこそ、求めても求めてもまだ、お互いが欲しい。もっとずっと、ひとつでいつづけたい。

愛があるから――。

慎哉は全身で、貴俊にしがみついた。そうして、愛しい人を求める言葉を吐く。

「貴俊……もっとして……もっとたくさん……もっと深く……ひとつにしてくれ……」

「ああ、慎哉。おまえが望むだけ……それから、俺が欲しいだけ、おまえとずっとこうしていよう。おまえは……俺の最後の恋人なのだから――。最後で、最愛の恋人だ、慎哉。愛している」

「あぁ……っ、貴俊……！」

激しく彼に求められる。それは幸福な繫がりだった。

人を愛して、人に愛されて、己の生を精一杯生きる――。

それこそが、傷つけてしまった友への真の贖罪なのかもしれない。

常に、まことの心で――。

慎哉は心から愛する人を抱きしめた。

あとがき

こんにちは、いとう由貴《ゆき》です。『赦されざる罪の夜』、いかがでしたでしょうか。楽しんでいただけると嬉しいです。

中の人たちも……特に慎哉はいろいろと苦しんだと思うので、今後は幸せになってくれるといいなと思ってます。貴俊、頑張れ！　慎哉の幸せはおまえにかかってるぞ。

さて、お詫び＆お礼です。

高崎《たかさき》ぼすこ先生、たくさんご迷惑をおかけしました。すみませんでした！　ですが、素敵なイラストをありがとうございます。色気にドキドキでした。

それから、担当様。ま、真人間になれるよう……頑張りたいです。すみません……。

そして、この本を読んでくださった皆様。ひと時でも現実のイロイロを忘れて、楽しんでいただけるといいなぁと願ってます。

それでは、また別のお話でもお会いできますように！

今冬は風邪をひきたくない☆いとう由貴

この本を読んでの
ご意見・ご感想を
お寄せ下さい。

〒151-0051
東京都渋谷区千駄ヶ谷4-9-7
(株)幻冬舎コミックス　リンクス編集部
「いとう由貴《ゆき》先生」係／「高崎《たかさき》ぼすこ先生」係

リンクス ロマンス

赦されざる罪の夜

2013年11月30日　第1刷発行

著者……………いとう由貴《ゆき》
発行人…………伊藤嘉彦
発行元…………株式会社　幻冬舎コミックス
〒151-0051　東京都渋谷区千駄ヶ谷4-9-7
TEL 03-5411-6431（編集）
発売元…………株式会社　幻冬舎
〒151-0051　東京都渋谷区千駄ヶ谷4-9-7
TEL 03-5411-6222（営業）
振替00120-8-767643
印刷・製本所…共同印刷株式会社
検印廃止

ISBN978-4-344-82972-5 C0293
Printed in Japan

幻冬舎コミックスホームページ　http://www.gentosha-comics.net